白桦林文丛

忘忧居琐事

高万红◎著

黑龙江人民出版社

图书在版编目(CIP)数据

忘忧居琐事 / 高万红著. — 哈尔滨：黑龙江人民
出版社，2018.8
（白桦林文丛）
ISBN 978 - 7 - 207 - 11485 - 3

Ⅰ．①忘… Ⅱ．①高… Ⅲ．①诗集—中国—当代
Ⅳ．①I227

中国版本图书馆 CIP 数据核字（2018）第 191396 号

责任编辑:魏杰恒
封面设计:鲲　鹏

白桦林文丛

忘忧居琐事

高万红　著

出版发行　黑龙江人民出版社
地　　址　哈尔滨市南岗区宣庆小区 1 号楼
邮　　编　150008
网　　址　www. longpress. com
电子邮箱　hljrmcbs@ yeah. net
印　　刷　永清县晔盛亚胶印有限公司
开　　本　880×1230　1/32
印　　张　5.375
字　　数　130 千字
版　　次　2018 年 8 月第 1 版　2021 年 6 月第 2 次印刷
书　　号　ISBN 978 - 7 - 207 - 11485 - 3
定　　价　26.00 元

为龙江电网放歌

许传辉

今天,《白桦林文丛》第一辑正式出版发行了！这是公司认真贯彻习近平总书记在文艺工作座谈会上的重要讲话精神和《中共中央关于繁荣发展社会主义文艺的意见》,坚持"为电网放歌、为职工抒写"的创作导向,更好推进电力文学创作活动开展,为繁荣电力文学创作再鼓一把劲、再加一把力而收获的丰硕成果！

一

2016 年,黑龙江省电力作家协会成立,为广大文学创作爱好者建立起学习交流的平台。黑龙江电力作家们对生活工作的这片热土,有发自肺腑的感情;对每一根导线、每一基铁塔的歌颂都源于真诚。大家的作品涉及电网建设、发展、管理、服务等各个领域,对生产经营一线的平凡职工进行了热情讴歌。

我们欣喜地看到,《白桦林文丛》第一辑包含以下著作:黑龙江电力作家文学作品综合集《白桦林》、作家散文集《一蓑烟雨》和诗人诗集《忘忧居琐事》。《白桦林》:在黑龙江省电力作家协会会刊《龙电文苑》中优选部分电力作家作品辑录成书,包括散文、诗歌、小说、剧本、报告文学和文艺评论等;《一蓑烟雨》:作家

张兴华同志散文精选集;《忘忧居琐事》:诗人高万红同志诗歌精选集。

文学属于精神能源,改造的是人的思想,塑造的是人的灵魂。一部好的文学作品总是能通向人的内心深处,传达着美好的希望和梦想,默默地改变着人的精神,引领着时代的风气。从这个角度出发,我们对黑龙江电力作家们的执着探索、辛勤笔耕表示由衷的敬意!

多年来,黑龙江电力文学创作,散文和诗歌园地生机盎然,但相对于全国电力系统来说,小说创作是公认的弱项。而现在,我们的微型小说和短篇小说出现了较好的创作势头,中篇小说也斩获颇丰。特别值得一提的是,长篇小说创作喜获丰收!截至目前,已经正式出版了7部长篇小说,按出版成书时间排列,分别是:张兴华的《五虎定乾坤》和《海问》,王玉玺的《幼稚》,马瑞仁的《雪岭情缘》和《风起云涌》,高万红的《雪落忽汗河》,赵延昌的《远山的梦》。

成绩可喜,硕果累累!

二

我们需要什么样的电网文学,我想可以用三个词来概括,就是"价值引领、心灵共鸣、思想融入。"

价值引领,要让文学作品成为社会认同公司核心价值观的窗口。我们要思考社会各界是通过什么样的途径来了解我们,用什么样的眼光来看待我们所奋斗的事业。毋庸置疑,最直接的感觉是来自对待供电服务的亲身感受,供电质量的高低、服务承诺的兑现程度、窗口人员的工作态度,这些工作都影响着公司在每一名电力客户心目中的位置。各级媒体对公司的新闻宣传,各种网络媒体的公众舆论也起着举足轻重的作用。那么,我们的文学艺术作品主要不是传播事实和信息，而是展示公司核心价值观，增强社会对公司的认同度，这就是说文学艺术作品是其他传播手段所无法比拟的。

一部能够深入人心的优秀文学作品、一部感同身受的热播电视剧、一首脍炙人口的流行歌曲都在潜移默化中悄然影响着社会的情感。我们通过电影《铁人王进喜》了解了中国石油工人的拼搏精神，通过电视剧《任长霞》知道了基层干警的苦辣与艰辛。所以，我们在构思作品的时候一定要换位思考，既要站在公司的角度传递价值理念，又要站在读者的角度思考接受的可能。通过我们的努力，社会对公司核心价值观的认同度就会不断地提升。

心灵共鸣，要让文学作品成为职工开启激情的能量。目前，公司取得现在的成绩是真真切切的不容易，为我们文学创作提供了很好的土壤和题材。我们面对的是取之不竭的创作源泉，电网题材已经成为当代文学创作的富矿，等待我们的职工作家去发现、去挖掘、去提炼。这是对每一个心怀壮志的作家最慷慨、最丰盛的馈赠，我们每一个职工作家都有条件创造出好的作品，成为这时代的参与者、推进者。

思想融入，要让文学作品成为讲好国网故事的载体。电力文学创作既是一个长期积淀的过程，又是一个不断创新的过程。一部好的作品，不仅要有优美的文笔、深刻的内涵、充实的内容和厚重的底蕴，更要有鲜明的时代特征、能够引人入胜的故事情节和强烈的身心带入感，这样作品才会有可读性。要加强作品的吸引力，增强作品与读者思想的互动性，这样职工文学作品才会有更加顽强的生命力，会让更多的人去主动研读、仔细品味。

三

根据《国家电网公司关于深入推进职工文化建设的指导意

见》要求，我们提出大力繁荣职工文艺创作和职工文化生活的倡议。

加强组织领导和长效机制建设，强化"繁荣之本"。黑龙江省电力工会是联系广大职工作家和文学爱好者的桥梁和纽带，各级工会要充分认识到深入推进职工文学创作的重要性，切实做到思想上重视、组织上到位、经费上保障，发挥好工会的组织协调作用。

我们要逐步建立电力优秀文学作品扶持机制，为凝聚文学力量，深入推进职工文化建设创造必要条件。要尊重文学创作规律，要用符合文学创作规律的思路去研究文学工作，才能更好地释放文学艺术的生产力。要在文学创作主题引导、计划实施、采风实践、作品研讨、成果推广各个环节多点发力，形成闭环管理。要发挥黑龙江省电力作家协会等文学团体的作用，切实加强对基层作协的帮助指导，坚持重心下移，面向基层，广泛吸纳基层作家参与文学活动。

加强文学阵地建设，营造"繁荣之境"。要加强职工文学阵地建设，搭建更多样的文学平台让职工作家去展示，创立更广阔的文学创作空间让职工作家去尽情发挥，打造更人性化的创作环境解决职工作家的后顾之忧。

一方面要组织电力作家创作出好作品，另一方面还要引导广大职工养成"爱读书、读好书"的良好习惯。"十三五"期间，我们还要实现职工文化阵地省、市、县公司全覆盖，实现实体书屋班组全覆盖，各单位要充分利用好这些平台，为电力职工提供立体化阅读体验和全方位文化服务，不断提升电力文学的传播力；通过打造"国网"品牌，不断提升电力文学的影响力，不断提升电力文学的吸引力。这样就会形成作者创作好作品、各种平台广泛传播、广大职工踊跃阅读、优秀作家和作品受到关注、作家团队不断扩大、好作品不断涌现的良性循环。

加强职工文学人才队伍建设，活跃"繁荣之源"。要把文学人才队伍建设摆在更加突出的重要位置，要努力打造一批具有影响力的电网题材领军作家，建设一支能够发出声音、掌握话语权的文艺人才队伍。要强调"德艺双馨"，引导广大作家和文学工作者成为党的文艺方针政策的践行者，成为时代风尚的先行者，使我们的职工作家能够坚定地站在公司的角度为电网和职工抒写和放歌，能够用强有力的理论指导创作实践，能够将思想和行动统一到公司的整体战略部署上来。

要加强人才梯队建设，对已经得到社会认可的电力作家要积极扶持，提供好的创作条件，激发创作热情；对广大文学爱好者要制定人才培养计划，开展主题丰富的创作活动提高创作能力和水平。畅通培训交流渠道，推荐优秀人才参加各类培训和交流活动。多措并举，营造出文学创作人才辈出的生动局面。

我们期待，在公司上下的重视下，在电力作家和文学爱好者的积极努力下，一批有思想、有生活、有温度的作品将陆续出炉，这些作品将成为公司宝贵的精神财富，在公司职工文化建设中焕发生机和活力。

有公司党委的亲切关怀、各单位的有力组织，广大电力作家和文学爱好者的辛勤耕耘，黑龙江电力文学创作一定能够营造出"百家争鸣、百花齐放"的良好局面，助力"两个繁荣"不断推进，为全面建成"一强三优"现代公司、创建"两个一流"提供强大的精神动力和文化支撑！

2018 年 7 月 6 日

（作者为国网黑龙江省电力有限公司副总经理、
党委委员、工会主席）

目　录

水，一种灵性的生命

面对水这种灵性的生命
我将以怎样的方式与你接近
这样的下午
雨在漫过我憔悴的思想
少年时的生命舞蹈和鲜花在其间开放
那些水中的诞生的生命与我过去的好时光
使整个季节都在怀想间度过
在我沉重思想飞升之前
在火焰的中央涅槃的生灵
赤裸着的身体
如同水这种灵性的生命

其实我早已感知到这个世界
与水是息息相关的
水中的光芒洞彻著我的前世与今生

用阳光的手将那些怀旧的文字
濯洗干净
透过死亡我看见你的永生

让我在接近中触摸水的力度
昏黄的余辉已为我的歌唱尽染
流过我暂以托身的秋天
善意的人们饮下那些美好的忧伤
将古老的生命汇入水的深层
使其在传说中荒芜的土地之上燃烧

（写于 1990 年）

牡丹江三章

莺　歌　岭

是谁的双臂度过七千年岁月
将一部《山海经》呈现在我们面前
当攀缘上一段绝壁的先民
用心灵和简单的思想勾勒着
部落最后的图腾时
精神的力量正在时间的深邃中穿越

冲破披覆着的层层尘土
在曙光将至前依旧隐隐生辉
莺歌岭的晨曦散发在
炊烟的泽地里
催促着沉睡的群山
在朦胧中渐次醒来

舞蹈的先人们怀抱沉重的骨物
祈求着刚刚走入寂静的族人
短暂的停留

河流正在淌过一段历史时
我清晰地看见溯之而上的月光下
挤满了亡灵

春天来临,我停留在
陶器的笼罩里
超越黑暗,束缚思想的文字
也在日趋成熟
祈祷的呼唤以及匍匐于地的
语言此刻突兀地呈现在神祇面前

祖先生活在遮风掩雨的土塬上
这里是使心灵逼近阳光照耀的地带
以便随时用支撑着精神的双手
触摸上苍,感觉天空的温暖
此时的莺歌岭正在为一场空来的
大雪感到震惊……

注:莺歌岭,七千年前有人类活动,在一处岩壁上有反映远古
人类生活的岩画。

宁 古 塔

谁会想到十七世纪初
东海窝集的宁古塔
造就了一代伟业的努尔哈赤
在雪海深处跃上战马从这里去

问鼎中原

如今每当俯身拾起散落的残骸时
透过春天我仿佛看见
三百多年前的狼烟
腾空而起
演绎着无数金戈铁马的故事

踏断了塞外漫天狂雪
在东海窝集长啸的日子
你深知,即将消融的
张广才岭的积雪
不会束缚起苍鹰宽大的羽翼
而你如同鹰一般的
力量也将会直抵长空

横亘着的长白山脉将
托起苍鹰巨大的双翼
没有人会忧虑努尔哈赤
这个女真人的后代
他含而不露的心迹与
深不可测的双眸
同样充斥着桀骜

苍鹰盘旋在天
此时的努尔哈赤正伫立在
东海窝集的大荒之上

布满血丝的双眼在极力追寻着
划过夜空的箭镞
并用最后积蓄的力量去击碎黑暗
把睿智与胆识通过手中的利韧传递
给鹰的后代们

注：宁古塔是清代统治东北边疆的重镇，是宁古塔将军治所和驻地，是清政府设在盛京以北统辖黑龙江，吉林广大地区的军事、政治和经济中心。努尔哈赤曾在此驻军。

镜　泊　湖

在中国的北方，在一群原始哺育的
巨大风情间
每一棵树都在迎接着塞外远古的钟声
而我每一次的眺望
对山的眷顾以及雪域的怀想
都随倾泻而下的飞瀑
在我的视线里
升起落下

雪域间高歌的神祇啊
抬起你的额头吧
用你神圣的目光顾盼这片
坡地山峰以及红罗女雪一般
洁白的裙裾

湖面风声连天让我们登上渡口
此时面对忧伤的圣哲
人类初朴的牧歌还有多远
那些冬季睡去的浮华迷茫的风雪
还有多远
我才能抵达梦境

兄弟们正面对一些灰烬和生命的骨殖
沉默的山谷民谣中的篝火,以及
复归于泥土的渴望都隐藏在
一场大雪之中
这个冬天,我正蛰居雪域
深陷其中难以自拔
……

冬季镜泊湖

映衬着土色的秋风
古木在凄冷的秋风中
在飘荡思绪的波涛中沉睡

每一棵树　　遮拦着无尽的风雨
每一块石头　　敲响着远古的钟声
每一次眺望　　山的苦难以及水的柔情
都随倾泻而下的飞瀑
将一段历史前的经历置于掌中升起落下

在湖中　　风声连天　　湖色沉浮

登上渡口　面对忧伤的圣哲
人类的歌声还有多远
远离窗口的晨风还有多远
才能抵达那场梦境

我的兄弟们正面对一些灰烬
复归于泥土的埋藏
沉默的山谷民谣中的篝火
以及跳动的铜锣
在汗水中浸润着苦难

深陷其中的一场大雪
掩盖冬日的往事
在掌中穿梭在目光中远泊
在长古的寂静中睡去

一只破碎的杯子及其他

一

我已经无法继续言说它的存在
整个下午这只破碎的杯子躺在地上
就像一只熟睡的猫
遍体鳞伤地躺在我的梦里
它极其兴奋地从我的手中挣脱
我见它面含微笑地跃起，然后
袭来清脆的声响

我在用左手抚摸着它的心跳
阵阵刺痛，隐约传来
几滴血顺着食指的边缘流下

二

杯子破碎的刹那，液体的流动
闪烁着些许的白光。昼与夜咫尺之遥
围困它的力量在逐渐聚集
紧张的心情溶入一片恐慌，是我
使这个完整的物质失去支撑
在与坚硬的地面猛然相撞的瞬间
沉沦的阵痛，让人为之一惊

往事在杯中盛装已久
就像情人的眼神
一同破碎的还有时间
它们同样显得不堪一击
作为时代的易碎品
真的让人难以把持

三

杯子仅有的光泽在空气中暴露无遗
此时夜色面无表情地蹲踞在窗前
我们之间始终保持着一段距离
用语言无法述说的距离
它或许在酝酿着更大的阴谋
吞噬了穿透杯子的所有光线
我还难以清晰地了解杯子破碎的
真正含义，只有保持着彻头彻尾的无奈

怀　想

穿过城市的街道,整个下午
我静静地怀想。此刻
所有与寒冷乃至风雪相关的词汇
扑面而来,心中油然而生的确是忧伤
就这样沉浸在最初的一场风暴中
整理秋天的思绪
我学会试着用哲学思索,并目睹
大片草坂在夜色里长出翅膀
冬天来临,我将恭敬地献上祭祀——
骨头里流水的声响以及
草们披着夜色的光芒飞翔
……

雪落忽汗河

这场大雪覆盖了忽汗河流域
我热爱这片土地上所有的生命
他们支撑起我全部的生活
忽汗河,世人的河流静静地沉睡
在这里我倍受祖先的恩典

雪落忽汗河,一部小说的名字
一年前,它占据春夏秋冬所有时光
今天雪果真在忽汗河上空飘落
它纷纷陈陈地从四十年前动身
那个让我依旧落泪的年代
1969 年,忽汗河飘雪的冬天
在记忆深处仍未褪色

月　　亮

今晚的月光任性地扰乱我的思绪,那么
我只有将她暂时托付给上苍
此时,我在城市的心脏里,学习着沉默
在你赶来的路上,把玩着更多
秋日遗落的石头和歌唱
我指间的余温,唤醒
寒冷中沉睡的鸟鸣和花朵
我伸出双手,将它们轻轻地拒之门外
肌肤却被随意经过的寒风划伤

歌　　唱

现在我要谈到歌唱,在冬天的夜色里歌唱
使我变成流淌在夜色里的月光
与生俱来的忧伤和着荒野间的荒凉
就这样在梦的边缘,我反复地温习着歌唱
如果你是我所爱戴的,就带着你的信物赶来
叩响我朝南而居的门窗
我将以今夜的风雪为你裁成
普天之下最洁白的衣裳

七九河开

谁是这个季节最丰硕的收获者
站在风中的大鸟用歌声感受着温暖的气息
闪亮的双眸在天空游移不定
河水猛涨冲刷着历史深厚的痕迹
而冬日是四季中最小的姊妹
此时她还没有走远

七九河开　我已感到雁阵急促的呼吸
在空中缓缓传来　春天的阳光里
在这样的午后面对世界突发奇想

古老的什物笼罩着的思想
如同泛过我沉睡的躯体及每一寸肌肤的大水
使我深陷其中　唤醒的沉睡与幸福的情绪
在进行着极细致的交流
对寒冷的侵蚀我早已熟视无睹

七九河开　有一些人走在午后的水边
汲水的双手浣洗着深入水中的花朵

体会着内心的沉静

剥去它们坚硬的外衣　只留下一些
难以触及的想象

冰封的日子　越过山峰隐遁起来
大雁鸣叫着在头顶筑起巢穴
它们急急地伸出长长的喙衔着希望赶来

灌丛或午后的阳光

面对一簇低矮的灌丛，我看到
午后的阳光均匀地倾泻在
凌乱的暗影间。松散的沙土
一种难唤名字的鸟在头顶飞翔
优美的影子简单地滑过一段水域
铺展成午后大片的草地
将阳光调和的轻柔如水打在身上

春天降临，尚未成熟的草
从地下探出头来，十分稚嫩

远处马裸露着布满血管的颈部
啃食着脚下的泥土
沿着河流
卵石与时间
历史与目光
物质与精神
贫困与富有在激烈地碰撞

沉沦在夜晚的呵护里保持着缄默
我在一片轻曼的目光中倒下
独自沉痛。灌丛或午后的阳光
站在门外守候
归来的日子在一段往事的掩盖中
用目光触摸刚刚降临的风声和歌声
手中紧握的温暖
如同灌丛中午后的阳光
让我陶醉

怀念月亮

我是在夜晚的怀抱中
去怀念月亮的
怀念她流水的心脏
夜色笼罩着我忧郁的目光　孤独的月亮
她在夜色中飞行　而我在月光中歌唱

我是在夜晚的怀抱中,去怀念月亮的
月光遍地　她兀自在夜色里飞行
我却在她的笼罩中歌唱

夜晚,在一片波涛起伏的草原上
我远远地望见月亮
她栖居在比远方更远的地方
月亮,深秋的美人　衣裙在荒草间飘荡
她的目光苍茫间掠过山峦
她抛弃了人群　她抛弃了河流
她抛弃了我　她也抛弃了歌唱

我在夜晚的怀抱里,去怀念月亮的

就像在上个已逝的春天里
她噙着泪水的双眼　打动人心
我见她双足赤裸　在苇荡丛生的河畔
轻踩出一些浅浅的脚印
这让我更加怀念我所怀念的月亮的
凄楚的目光

月亮,这深秋里玉洁冰清的美人
她时常出没在我的梦中

我是在夜晚的怀抱里,去怀念月亮的
我会把秋夜里漫过的歌声
在指端轻轻捻碎,然后
在一片姣好的月光下
低头嗅着一种透入骨髓的幽香
这样我会感觉,仿佛有人将温柔的双手
轻轻地搭在我的肩上

国境线边的三号山洞

午间的阳光,穿越坚实的山壁照耀过来
打动我的还有涯隙间沉稳的巨石
正孤寂地矗立在岁月的尽头。此时
谁还会比头顶盘旋着的鹰的目光
更显厚重与锐利。它在用高亢的鸣叫
唤醒沉睡的村庄和河流
我梦中的江南水乡村呢,还有
缕缕散去的炊烟

寒冷。凄凉。尖厉。远方
谈笑风生的兄弟啊,夜里漫天风雪
还会突兀地袭来
(咫尺之遥就是异国的土地)
这时只有百年山洞
和寂寞的钢枪陪我长久地伫立

我在自身携带的风暴中狂走

我是追赶着一场自身携带的风暴
在它的阴影中狂走的

此时,我的内心充满对宿命的感激
在这样一个连精神都衬显得困顿的年代
不要奢求太多的事物

这个时代早已　没有了阳光
没有了爱情　甚至没有了呼之欲出的
怜悯和同情

星空总是在梦中将我托起
我不知道正在找寻的
那些在丛林中狂奔的狮子和猛兽呢

他们根本不会和我透露些许隐藏的消息

黄昏时　在河边拾起一枚落叶

它是午夜时　阻挡一场即将到来的
风雨的坚实手臂　我会把所有的思想隐蔽起来
甘心情愿地成为掌中的一粒灰尘

星光下的一次长谈

古典的星光挟着淡淡的雨气
充斥着夜晚的每个角落、
那些隐藏的人将一段往事
装点成郊外的几棵树

我正与人倾心
长谈,诗歌、香茗、女人和酒
以及一些简单但含而不露的事物
它们散发的气息很极致地
布满指尖涂在脸上,仿佛音乐在空气中柔和地碰撞

雨水浸润的日子在午后重新灿烂
飞动的思绪,静静立在门前
植物们相互攀缘,相互倾吐着心声
在朔风的拂动中感到安慰
在它们向阳的生长里,
沉默的事物渐次醒来

某个早晨,目光会相遇

在赤裸着筋骨　流动着血脉的
土塬上或尘埃初定的古道
泛出的光泽在视线里不停地流动，
发出金属纯朴的声响
让我在一场大水中感到幸福的降临

门牌：东新安街 121 号

刚刚摆脱起重机　脚手架的大厦
又被混凝土的森林束缚手脚
现在,从它身旁流动的人群早已
忘掉了它的存在
而我也只是每天在相同时刻
粗糙地打量着城市的
所有角落。几个月来,我已经厌倦
重复一项简单的工作
在每封信的右下角抄写地址
门牌:东新安街 121 号

混凝土在不停地累积,在随意地
隔离土地与人类的密切联系
它们拔地而起　充斥着世俗的喧闹

随着人们涌进大楼,一切趋归平淡
天空间最温馨的声音穿过视线
双手极力地触摸着城市的喧嚣
我早已学会远离土地生活

小心翼翼地摆弄着麻木的象形文字

这个时代,钢筋混凝土正浩浩荡荡地涌进城市
今晚,广场的灯光通过
东新安街 121 号的每个房间
且极为细致地透过它的肌肤
此时我侧身进门,急促的风声
敲打着玻璃,我感到来自二十二层脚下
斯诺克激烈地碰撞
小商贩声嘶力竭地叫卖
大排档透出酸腐的酒气

今晚我的三个请求

神啊！请原谅我过多的奢求但这并非源于贪欲
我时常这样教诲我的后代们：
阳光的羽翼往往会在午夜时收起
它，金色的呼吸足以缝制一顶桂冠
精怪的鸟们熟睡了，或许会做着噩梦
大家知道这样的下午鸟们的表情
总是异常严肃

神啊！请允许我装扮成善者
给我以足够的力量，我知道最后的晚餐
即将开始，但还是把污浊远离我的视线吧
并施舍我以恩惠
恳求你将邪恶装扮成你使者的模样，否则
还是别让他们随意抛头露面

神啊！我还有一个请求就是黄昏降临前
也收束起你淡漠的目光
用你灰色的衣裙遮蔽着
让你亲手营造的世界感到恐怖的谎言

如同我惧怕衰老甚过于死亡
如同漆黑的夜晚我感觉到的某种声响
譬如蚂蚁搬家的脚步和呼吸
譬如拼死的挣扎，尽管我知道它源自
蛇的种种痕迹

神啊！我觉察到午夜浓重的气息了
笼罩着廉价而奢侈的语言
在野外游动犹如赶路的萤火
还是让我悄悄告诉世人吧
"它们正在荒野外赶路"
我绝不是为了心甘情愿地
充当灵魂的附庸或收集者
我讨厌你将黑暗牢牢地束缚手中

十月，阳光照在中国的土地上（三首）

十　月

谁的声音　照彻大地的声音
正从一片光芒间升起
一场时代的暴风雨
伴随着十月的雷声滚滚而来了
滋生着崇敬与恬然怀想的十月
祥和地莅临了

十月思念穿越我渴望的眸子
旷远之处　母亲
我们正放下手中的麦子与镰刀
在为你祈求着瑞雪与平安
让一生一世的眷恋
都温暖着我们的心情
让歌唱的力量
再度升至我们的头顶

在季节的空中每一次追寻

都盛开着明亮的声响
在黑夜与光芒的边缘
那些美好的歌声
在人们的血脉间不息的流淌
屹立在黎明的前方
我清楚地感到大地的深层
起伏的心跳

遥望十月
曾为黑暗所淹没的家园
在我追寻的日光里
燃气天堂的烈火
如同我胸中跳动着的红色火焰
穿透沉寂的黑暗
以光芒的力量
照彻四十五年的长空

小米加步枪

当我们再次看到陕北
是半个多世纪后的事情
黄土高坡依旧与岁月一样贫瘠
透过窑洞我听到春天的幸福
老区革命　就像北方到南方
追赶着一个徘徊的赤色幽灵

面对陕北民谣
人们再一次读懂了《共产党宣言》

和正在莱茵河畔散步的
大胡子的卡尔·马克思
以及他亲密的战友
此时的世界十分细致地讨论着
中国　小米与革命　步枪与革命的
辩证关系　并在关注着一个农民的儿子
同他带领的中国如何
渡过延河北上
攀上雪山　跨过草地
从农村去包围城市

中国的革命最终在小米的
喂养下通过简陋的
步枪与敌人进行着极为深刻的交谈
小米与步枪就像如今我们
时常谈论的物质与精神

祖　　国

目光越过黄河滚滚而来
烈动的季风在吹扬着东方的歌声
陕北黄土的窑洞前
一位伟人依旧临窗而立
极具魄力地指点江山　激扬着文字

顷刻间　旧中国已天翻地覆
陕北啊　五十年前
你的小米喂养了革命而

你的不屈与雄浑也
溶入祖国的血脉

在我们怀想的日子里
每一次慰藉都历经了沧桑
面对东方　我清楚地感到太阳
炙热的光芒流动而至
站在祖国的草坂上

金黄的麦穗是祖国盛开的花朵
他们在十月的风中尽情地歌唱
使得每一次远眺都充满深意

无　　题

走过这条小巷，
在徽歙宝斋的尽头
江南正静静地
横卧在乡村野外
独自沉静地睡着

老夫子在闷热的午后
执着阴阳　八卦　五行和一把戒尺
蹒跚而来
这里早已失去了祖先的烟火
唯有几个可怜的孩子嗅着
牛低沉的鼻音

兴酣而至的老夫子
趁着酒兴
此刻的到来别无他意……

音　乐

七个音符在空气中穿行
仿佛七个错落的女子轻盈地
在掌中起舞。将红色的光　蓝色的光散
在春天的清晨。1　2　3　4　5　6　7

流动的天空　崇敬的天空　一片大水安详地
引导着鸟群的飞行。拇指　食指　中指
穿着白色衣裙,端庄的少女
是这个季节生发出的清净

将幽灵的目光伸进我的内心。七只沉睡的
蝴蝶把风托起,于是我蹚过河流走进秋天。

北纬四十四度以南……

——写于 5 月 8 日凌晨,中国驻南使馆被导弹袭击几个小时后

战争的气息弥漫在巴尔干上空
充斥着南斯拉夫和整个的欧洲
二十世纪末随着这个世界进入文明社会的步伐
北约的集束炸弹　昨天炸死五名无辜儿童
每天我们从各种媒体获得震惊的消息
如今狂轰滥炸　背井离乡　难民和
暂以栖身的地下室,本不该发生的事情
都在这片地区很正常地发生

从贝尔格莱得驶上欧洲的公路网
正在关注着科索沃的人们　目光穿越
亚洲　非洲　欧洲汇集到这里
医院　商店　平民住宅　公路　桥梁
甚至大使馆　南斯拉夫在众目睽睽之下成为
空中暴徒的靶场

科索沃　打开世界地图几乎无法引起人们视线
那是在和平时期
现在贝尔格莱德下方几厘米的地方
正在战火纷飞　战斧式巡航导弹
跨过亚德里亚海在实施着空中打击
我看到孩子们握紧的拳头　男人们坚定的意志
和妇女眼中喷射出来的仇恨目光

美国 F—16 在匈牙利　克罗地亚　波黑起飞
用导弹和谎言种植着邪恶摧毁着和平
空袭的导弹　驶进地中海的航空母舰
以及经济制裁　石油禁运　一个多月来
贝尔格莱德　普里什蒂纳　尼什
战事频频传来　五十多年前
为了家园人们曾亲手炸毁了一座桥　保卫了
一个叫萨拉热窝的城市

五十多年后　正当全世界清楚地听到
广场音乐会激扬的歌声　星期日婚礼进行曲时
热爱和平的民族　在北纬 44 度以南
用生命保卫着一座桥和一个叫南斯拉夫的国家

怀念一场大雪

有时我们会错过生命中灿烂的一瞬

在飘荡尘埃的世界里
用心的生长
我正站在土塬的尽头
怀念着一场即将诞生的风雪
旭日从背后缓缓地升起
宛若梦中照亮雪地的光芒

手持一场风雪赶路的人
从冬天的下午伴着
一场令人怀念的大雪袭来
而我站在高地
感受着村庄的概念正如一缕炊烟
隐约在我们的身边擦过

这是夜晚
回家的鸟群在空中
不安地诉说

远处一茬一茬的庄稼波浪似地涌来
它们站在穗尖
用目光替代歌吟
小心翼翼地与我进行着交流

和一张老唱片的对话　同样充满深意

寻不到最初的歌者,你就行将衰老吗
我觉察到颤抖的声音正流落他乡
这已经是如今的年头里最好的收成了

我极其细心地收集着泥土的气息
而四周低矮的栅栏上
爬满了青藤和谷物
一只受伤的麻雀飞过了
它告诉我　腹中饥饿难挨
你却独自哼着我无法把握的调子
真的,现在我也很疲惫
这个夏天我就这样静静地渡过
在城市之外　靠粗茶淡饭
喂养往事　简单地打发日子

有时,我会因麻木而忘记哭泣
你便把我的双手拉向火焰的中心
你真的很了解我渴望什么
使我恢复面对苦难时的姿态

你沧桑的双手又为我掬起散落的民俗
来喂养我朴素的思想

你在午后的阳光里用歌唱
不停地教诲我
"用劳作来换取充足的食粮和睡眠
维持生命最可怜的要求"
这使我懂得要让
灵魂一尘不染是件很难的事情

当斑驳的阳光踱进低矮的茅屋时
我学着忍耐,但我却明白了将
最崇尚的谷物
植入诗歌的道理
为此我会兴奋不已

女巫,你的笑意让我心生疑虑

夕阳藏身在女巫古老的洞穴中
喘息的歌声显得更加晦暗而潮湿
此时,飓风在努力穿越一扇紧闭的大门

女巫啊,你的笑意让我心生疑虑
尽管你手中把持着时间,但你必将衰老
而我尚有足够的精力
躺在森林的边缘,现在让我们彻夜长谈吧

谁在歌唱时遗落手中盛开的花朵
这无家可归的女子被抛弃在寂静的夜晚
而兀自爬上山冈
谁在你的怂恿下埋藏着最后的骨骸
把满身惆怅灰尘般抖落到地上
骨头落地时的声音→让我想起亡者的降生
还有,一闪即逝的河流呢,谁指使它
逃离天堂。一路奔泻一路便是刺目的光芒

谁驾驭着游走的大风自遥远赶来

如同驱使着成群的牛羊。我看到骨头
搭载的屋舍，在午夜泛动唬人的白光

谁在放任着血液在脉管外奔涌
把雷鸣与怒吼交还给上苍
谁在引领天堂的大火，在黑夜初降时狂奔
用这弥漫的火光点燃乏力的黑暗

谁的怒发冲起，横扫过天界的门庭
谁又在挥动愤怒的鞭子呼喝满地神灵
众神震怒。他们必将把灾难强加给世人

女巫啊，还有你裙带灰暗而低沉
如同你狡黠的目光游移不定
我对你的崇拜忽然变得心事重重

城市与乡村的一些差别

蜗居的城市日趋狭小
比如朋友越来越少,让我感激的事情
也越来越少,当然更包括空间
然而孤独却像触须遍布的小虫
时或在胸腔里蠕动,以至于我见到
偎依着青草熟睡的蚂蚁时
孤独却往往夹杂着喧闹和烦乱
潮水般袭来

知道吗,独自倦躺草坂　面对一场
南来的大风惬意是难以言喻的
你看,阳光就行走在我们的头顶
它在透视着平原的呼吸。而我却深藏在
屋檐的某个角落　安静地合着双眼
就像渴望融化的冰壳或躺在冻土取暖的麻雀

说实话,人与泥土的缘分是与生的
泥土能够堆积埋藏万物的坟墓
即便活着也寸步难离,就像

稚气未脱的年代，我离开城市
寄居喧嚣之外的村庄
我至今眷恋着，清晨和着泥土气息的炊烟
这是一种杂和的诱惑，比时髦女人身上
香水的味道更具亲和力
还有窗前晾晒的粮食，檐下垂挂的燕巢
和半生不熟的黄米饭
尽管那年代乡村并未苏醒
音乐也总是充满亢奋的味道
有些事依旧让我眷恋，眼角潮湿
比如空气　泥土　河流
比如亲情　友情　爱情

三十年间居住在一座城市，不谙世事的德行
使我对一些扭曲和怪异只有彻底地失望
但我知道二十年前远离父母的漂泊
和固守了十年的一场爱情，并没有惊心动魄
只觉得阳光的味道里搅了一点盐

三十年后的城市与三十年前的乡村
不可否认它们之间总是存在着一些差别的

山坡上游动着一丝光亮

风在黎明苏醒之前一路奔波
最先赶来。山坡上游动着的这束光亮
是我放下手执的鞭子
捧起身旁燃起的柴草在为她取暖

然后,我见一只豹子也孤独地走来
我知道,它时常敏捷地穿梭于光与暗的边缘
这让我坚信,豹子是神世与凡尘的使者
我与风在山坡上静静地卧着
忽而伸着腰肢,忽而纹丝不动
这个在傍晚时分离家出走的女子
刚才还在低矮的屋角边茫然端坐
在夜色的鼓动下,她的裙裾微微震荡

山坡上游动着一丝光亮
一只豹子在梦境之上孤独地行走
它是神世与凡尘的使者,是我
最崇敬的圣者。它的脚步使得
一枚落叶坠于我的头顶

这让我更确切地懂得人也不过是
一株会行走的植物

风声中,一豆纸灯在泛着白色的光泽
一扇幽闭的柴门打开。透过夜色
我的心跳在直逼我的前生
山坡上游动着一丝光亮
我甘愿做仆者为穿行于我目光中的
豹子——这孤独的圣者挑灯引路

在夏天,谈论秋天的收成

在今晚,我看到远方漂泊而来的居所
四面窗棂　两扇大门和一膛炉火
正盛开出鲜艳的花朵
在夏天的傍晚谈论秋天的收成
使我变成最适合耕种的土地　我的身旁河流纵横

我从阳光落地处打马归来　随身携带
众人匮乏的物质。而雨水,大风
以及荷锄的弟兄,他们将随后赶到
但我不会与肮脏的灵魂为伴

我渴望的居所在神山以北的地方,它彻夜
散发着光芒。黄金的颜色驻足在我的土地之上
阳光在它的上面走动,装点着
大地和与之相联的天空
我的村庄　秋天的收成在望

在夏天,谈论秋天的收成
我将重新排列消失在远方和近处的村庄

我头顶的光芒,七个姐妹撒下的星光
她们在我视线的北方
就像那些散落的村庄,它们
散落在同一水平面上
它们便是一蔟蔟花丛,七个妍好的姊妹啊

你们的目光在我手中的村庄里　鲜花开放
我所蜇身的居所,在平原以西时隐时现
而我正站在平原以西的村庄
我知道,在夏天谈论秋天的收成应当
是件更为严肃的事情

秋天三首

纸　灯

我也将隐藏在石头里
点燃一豆纸灯
向晚的歌唱涂满双手
把野外独自长成的庄稼重新扶起
此时的寒冷在草地竞相奔跑
秋末过后的日子,面对从睡梦
中惊醒的庄稼
我越发感到他们的对话
充满深意,一柄镰刀在生命的根部与
这些可爱的植物们保持难得的亲近

我的目光正从大片土地上穿过
却无法透视谷物们坚实的
躯体,或者
连一些想象都难以触及
使我在阳光之外兀自感动

我清楚地懂得秋天临近的瞬间
同庄稼们的交流十分难得

蚂　蚁

我是这样描述他们的存在　蚂蚁
其实我更想谈论的只是他的　骨骼
秋天的午后,我早已熟悉了
他们在岩石上奔跑的样子
感到蚂蚁们挟带的风声
搅动我的视线
而胸膛却直抵我的内心。这是
空气很好的日子,蚂蚁们
毫无遮掩地在阳光里翻凉着身躯
在草丛　岩石　沟壑中
艰难地穿行,犹如
时常让我感动的森林和山地

蚂蚁们在阳光下随意地调换着姿势
用不同的歌唱拉进我们之间的距离

稻　草

秋天的夜晚,面对大片的稻地
肃然起敬
跪伏在一根跌落的稻草前
我感到它坚实的内心无法企及
荒芜的风声正从视线里缓缓前行
目光凝聚的地方,我在为疯狂的思想

心神未定。其实对一根稻草的崇敬
由来已久,它的果实将我哺育成人
而它生命的力度
使我懂得土地真正的含义

稻草跌落,黯然神伤,它的轨迹
在夜空中滑荡,在风间低下沉重的头
从乡村到城市,我盼望着和它相拥入眠
感受幸福植入土地时的暖流

劳　动

这是一个具体的动词还是抽象的名词
透视它我看到十九世纪末的欧洲
劳动者们正在努力地
使土地盛开出花朵　骨骼淬炼成钢铁
那些比物质或石头更为坚硬的精神
同一柄镰刀闪烁在劳动者们的手中

一百多年前的巴黎　芝加哥
欧洲的上空一个赤色幽灵始终在徘徊
联合起来的无产者们终于向资本主义
发出了震聋发聩的呐喊

当法兰西公民走上街头在公社的大墙前
热烈拥抱　劳动的本质正在升华
紧握火枪的人们　如今五月来临
公社墙外阵阵的枪声和
金黄的收成都沉浸在往事的颂辞中
再次丰稔起来
使我们依然热血沸腾的1889年

劳动的人们内心怀恋着农业工业
和其他使劳作丰硕的事情
面对土地　面对历史
一样使我们感到骄傲

3 月 18 日：一群黑色的鸟飞过窗前

我不是过客，我喜欢春天。我正沉浸
在春天的写作中谋生
不是为生存赚取粮食的谋生，而是谋求
内心远离喧嚣的另一种生存方式
现在是凌晨，街道异常安静

昨晚，街头巷尾人们关注着沙尘暴
据说它们在远处匆匆赶来。令我不解的是
这个夜晚，它们却没有以朝圣者的虔诚
蜂拥而至，更不敢以施虐者的暴力在街头乱窜

沙尘暴们，被拒之与遥远的关山之外
深夜坐在满目疮痍的记忆里，我竟然如此淡定
沙尘暴是什么？一头凶猛的怪兽，亦或
转基因衍生的噬血细菌
都与我无关。我知道我浸泡在夜色的黑暗里

北京。首都。我此生浪迹江湖的中心地带
我的生命注定与这个纯粹的名词相关

此刻,我听到头顶盘旋的叫声
3 月 18 日,我喜欢的一群
生有黑色羽毛的鸟,成群结队地飞过窗前
它通体泛着比笼罩我的黑夜更哲学的黑
我喜爱这种抽象的颜色
我说:这是形而上的深沉
……

六月一日：与儿子的一段对话

孩子，你没有见过丛林中正在燃烧的篝火
你是幸福的。阳光随意拨弄着你丝绒般的头发
我听到发梢中隐约飘升的音乐
我见你在夏鸣中熟睡的样子
稚嫩的样子像我梦中曾经的天使形象
你是幸福的，还不会空谈理想和信念

孩子，握紧我的双手吧。我们将要穿过眼前的
一条街道，这里车水马龙让我想起
三十年前我的父亲带我走过的城市
孩子，我没有更多的物质给你
写诗的父亲只有一些可怜的诗句和书籍
它们会成为你精神成长期的粮食和钙质
所以，我说孩子你是幸福的

孩子，昨天父亲和一位叔叔谈论起哲学
他说：形而上者更关心萧的长度，而非
音乐本身
我说：我更关心音乐的感觉，绝非音乐或者

箫的长度
所以,我说孩子你是幸福的
这类繁杂的命题始终无法与你逼近
我羡慕你的简单,对此你也总是毫无兴趣

孩子,我了解你的心理
每天清晨对幼儿园
你都表现出天生的抗拒
你怎么会读懂年轻阿姨脸上灿烂的笑容
孩子,原谅我总是强迫你
自己走进幼儿园的大门
我只是想让你学会适应和忍耐
这些将是你步入社会后不可或缺的美德
具有了这些优点,今后的岁月里
你才能茁壮成长
孩子,所以我说你是幸福的
"总有一天你会理解父亲的苦心,你还会用
同样的方式去管束你的孩子"
这是我的父亲三十年前对我说的话

六月六日：写给自己的生日

我正在反省自己的前半生，
一个与错误悔恨擦肩的人，
并且正在感激一滴泪水的降临
它在纸上恣肆地流淌，使我觉察到
自己毕竟没有麻木，没有与
痛苦的泪水遥遥相望

谁会像我一样，在诞生的夜晚兀自
唱起怀旧的歌曲，谁会像我一样
在这样的夜晚莅临时紧闭上一扇大门

6月6日是阳光底下扭曲的
根基。枝叶是繁杂的枝叶
它们捂住空气渗透着的缝隙
敲打着躲藏起来的往事

有的时候，我渴望死去，真的
我会全身心地投入到死亡的怀抱吗
我会挣扎吗而背弃诺言吗

我会深刻地体会到她细腻地爱抚吗

眼前是虚幻的影子,它们是悬在
头顶的天堂,是天堂里漂来的火光
寂寞与惊恐会突然倾泻而下
仿佛是横在死亡与生存之间唯一的桥梁

八月三十日:亿龙水上乐园采风有感(二首)

海浪河,读水

我们走后,海浪河在边缘移动,整个夜晚并不平静
阴暗的石头,敲打河床
在石头和水流之间,我选择沉默
有七只蝴蝶在黑暗中跳舞,它们的翅膀
呈现出光明的边缘。我听到水流的声音
自天而降掉进角落,在海浪河的一隅汇聚
经过躯体,穿透心脏,模拟生命的植物,流向远方

五种花朵依然鲜艳。玉兰醒得最迟,秋天来临
其实,秋天来临时,我站在山边
山影阴暗,树木延伸,我和此时的太阳难以相见
它在山的另一边。我想我抛弃了睡眠

在另一个世界,它也孤独
如我一样。我知道躲在海浪河深渊里的羊群
尚未找到出口。我路过一段石子路

已被冲洗成枯枝。一夜之间，他们竟然衰老
同样，夜色笼罩的城市街头，我觉得城市应该睡去

在海浪河边
我想到阅读，水光渐渐暗淡
我想到音乐，月光便渐渐明亮
我在静夜中采摘一枚落叶
随风飘动，遮蔽着通向山间的林路
紫色的花落在屋顶
一束束一簇簇如蛇对折的目光
蛇在丛林中穿行，我与他咫尺之遥

我们彼此安全也皆有危险。我不会在丛林中微笑
也不会在丛林中死去，丛林并不是我的归宿
我的归宿在远方。我看见一道裂谷，裂谷之外还是一道裂谷
昨夜我没有离开睡眠，与陌生人在孤独中对望
我知道陌生人，却不并知道陌生人来自何方

……

哈达村，听史

坐在火炕上的是我，一个低头不语的写诗人
沉默寡言的用诗歌和炊烟，把全村的
草房、砖房、木刻楞房　四壁熏黑
我小心翼翼地分辩着老宫殿才有的黑色沧桑
并给它们逐一命名：
太和殿　乾清宫　文化殿

武英殿　体仁阁　永福宫

哈达村的确香火不断,一棵老榆
在村角就站立千年,它轻易不弯腰
每弯一次腰都是泪水,它的硬度和生命力
同样顽强。十个世纪以来,多少文人墨客在它
身旁生生死死,成就锦绣文章

老榆延续千年,子孙浩荡,他们在树下
喂马、劈柴、担水、生养后代
直至　尘埃落尽,骨头深埋

"老树生根",土炕边一群诗人在谈古论今
警句不断,一浪高过一浪
耕牛、公鸡,以及哈达村上空的飞鸟,沉在水里的鱼
都保持寂静,哈达村是一个摇篮
房东的孩子坐在电视机前,她没有哭,
垂着小手,歪着头,睡着了
让我想起十年前的儿子

哈达村只有一个姓氏,宁古塔将军府在村东头
湮灭在草神木鬼之下,却名留尘世
"流人文化""七子之会",以经渤海国的经书
……
诗人卢向东左边是海浪河,右边是张广才岭
眼前杯盘狼藉,鸡鸭鱼肉,都是民间的山珍
唯有饮者留其名,他口中曲曲折折的岁月

是哈达村千年前先人穿过的铠甲
坚不可摧,且不容置疑

中午,在哈达村听史
我如听经的泥像
如醉如痴,且呆若木鸡
……

头　羊

花开花落的早晨,我正在河边浣洗什物
包括春天里的阳光、春风、河流和火

我伸出左手,站在阳光身边
此刻,再愚蠢的黑暗都无法任性地蓬勃
而奢望不留痕迹。除非雨傻傻地下
汇成河流,随物赋形,在峡谷间跳舞

头羊一口咬定,我陈述的河流,子虚乌有
群羊因焦渴变得心烦意乱,它们无尽的哀伤

其实——

河流是自由的,想流向远方就再不回头
春风也好,朝哪个方向吹,哪儿就生机盎然
所以,它们抵达的草原,丰茂无涯,广大无际
唯有燃烧的篝火,
是守护神,是抵御狼群最出类拔萃的武器

无论是头羊,还是它牧着的群羊
都在背井离乡
火苗再渺小也是依靠
草原再陌生也能托身
草鬼木神皆有灵性
这样的道理,头羊懂得,羊群轻易不懂得

现在,春风浩荡何止十里
阳光明媚,隔着远大于十里的牧场
头羊喊它的群羊,却没有一点回音

桃　花

一路奔跑而来的春风,止于一树桃花
我正等待这样的结局
帘外桃花帘内人,人与桃花相隔注定不远

风吹来,染黑了石头。石头的黑,树干的沉沦
想象中凌乱的旧厂房,废弃在郊外
却凭一树桃花注入生机

低矮的围墙,掐拢荫翳,灌木朝南,穷途末路
一堆乱石虚空中孤寂地行走,早已迷失

此时,帘内人挑帘择枝,唯有桃花善解人意
不知所措,颤抖出一片春浓
来路去路,一江绿水,唯有所见

蛇在丛林中穿行

我们走后,丛林在边缘移动,整个夜晚并不平静
阴暗的石头,敲打河床
在石头和水流之间,我选择沉默
有七只蝴蝶在黑暗中跳舞,它们的翅膀
呈现出光明的边缘。我听到水流的声音
自天而降掉进角落,在叫作涌泉的地方汇聚
经过躯体,穿透心脏,模拟生命的植物,流向远方

五种花朵依然鲜艳。玉兰醒得最迟,春天来临
其实,春天来临时,我站在山边
山影阴暗,树木延伸,我和此时的太阳难以相见
它在山的另一边。我想我抛弃了睡眠

在另一个世界,它也孤独
如我一样。我知道躲在深渊里的羊群
尚未找到出口。我路过一段柏油路
已被冲洗成枯枝。一夜之间,他们竟然衰老
在夜间笼罩着城市的街头,我觉得城市应该睡去

于是我只想阅读,灯光渐渐暗淡
我想到音乐,月光便渐渐明亮
我在静夜中采摘一枚落叶
随风飘动,遮蔽着通向山间的林路
紫色的花落在屋顶
一束束一簇簇如蛇对折的目光
蛇在丛林中穿行,我与他咫尺之遥

我们彼此安全也皆有危险。我不会在丛林中微笑
也不会在丛林中死去,丛林并不是我的归宿
我的归宿在远方。我看见一道裂谷,裂谷之外还是一道裂谷
昨夜我没有离开睡眠,与陌生人在孤独中对望
我知道陌生人,却不并知道陌生人来自何方
……

故　乡

日头落到雪山的背后时
我在天空的这边
腾出许多草地，留给故乡

午后的雨水，滴落到我的鼻尖
我的左手正无所事事
臣服于一只一只麻雀　寒冷的叫声
它们表情沉静，使我汗颜

其实，我的目光比泪水更柔软
泪水比目光更充沛

天空的蓝，越涨越高，世俗的风也太大
飞行的鸟，一粒一粒自天而降
追随大片的向日葵在山谷边缘起舞
怂恿这广大的金黄，在油画中恣肆地淌着

此时，风吹落尘世的种子，惊扰了
它们的飞行，我在远方想到故乡

起起落落的故乡——
走在街头,霜打窗前,月光一样
结成花朵,轻声呻吟
未知的月光洒落地上,它们年轻而善良

我在草地间俯身打量弱小的植物
目光却温暖了众多生灵
它们分别是蒲公英　喇叭花　玉米花
且近且远,我们之间的距离
就是从远方到故乡
……

美 人 鱼

我在河床上,被浪头抛弃在岸边
很明显,整个夜晚我将漂浮在黑色的河上
你是否见我在水草间抖动躯体
这个夏天,我单纯地以水草为食
每到下午,阳光在头顶呼啸而过
平静的水面,掀起波澜
我便贪婪地抓住凡尘间的空气
就像人类贪婪地咀嚼粮食

秋天过后,一切震撼人心的美将毫无光泽
连同美人鱼的美。她跳入海里,她躲避我的视线
羞于见人。我并没有恶意,我只是说
我嘲笑岁月的无知,以及转瞬即逝的流言
总有些人,在背地里窃窃私语
像一片幽灵般的水域,生长出杂乱的头发
和烂掉的枯枝

我挣脱束缚,无所顾忌
河床上躺满石头以及水一样流动的光泽

我是河床上的一条鱼,睁开巨大而忧郁的眼睛
在我的目光中,世界复杂得难以捉摸
疯狂的夜晚,尚未发生
同样漂浮的岛屿正在沉睡
美人鱼的视线从海底袭来,她站起身
她的举动预示这个夜晚
将如我所期待的——
宁静而狂野

闪电，我要触摸你的骨骼

秋天的午后　一道闪电降落村庄
它在风的歌唱中　把持着阳光下的石头
就像我的父亲
关心田间的谷物和粮食的收成
就像在苦难的年代里
两个孪生兄弟相依为命

没有任何事情　能沉溺在与季节
毫无关联的情绪里
如同马匹渴望草原河流无法摆脱大地
鹰依赖着盘旋的天空
闪电是属于草原　河流　大地和我的

是风把它吹落到我的身边
这个秋天的下午
闪电　我要触摸你的骨骼
我抬头注视的时候
你正在我的视线里奔跑

马匹在奔跑　大风在奔跑　河流也在奔跑
你一路倾泻挥动着手中的箭镞
彻底地覆盖了雨后的
石头火焰村庄和我

我渴望着在秋天的午后
孤独的石头和跳动的火焰,就是
你的孪生兄弟
当他们的背影藏匿山峦时
你却从树木和草尖上疾速掠过

此时我所触摸到的闪电
就是石头和火焰
火焰火焰还是火焰
火焰并未熄灭只是在我的村庄里安静地入睡

极度诱惑我的
是秋天的午后　君临大地的闪电
是在天空中猛烈燃烧着的火焰
我用血脉清晰的手掌　触摸你的骨骼
我知道这其实并不可怕
……

在我的思想里，钢铁有这样两种炼成方式

在我的思想里钢铁是这样炼成的
两种极其坚硬的物质在火热的环境里熔合
经过复杂的锻造过程包括沉重的锤击
以使其拥有与生命一样的顽强
好钢往往要经过几道程序
淬火是磨炼意志的一种最好方式
接触的刹那灼热的气体常常划痛躯体

请和我一起细致地注视钢水出炉的时刻
其实欣赏它们浇灌的空气
在原野上跳舞是件很愉悦的事情
我的视线慢慢地笼罩在紫铜色的光环里
我的耳际贯穿着极具硬度的倾泻
然后好钢才配用在刀刃上

在我的思想里钢铁也可以是这样炼成的
首先要选择暴风雪必经的地方
把目光掠过西伯利亚成片的黑夜
用我伸出的手掌覆盖着白桦林间所有

通向战争的小路

是的,五十多年后一个幼稚的中国青年
十分渴望解读战争的真正含义

我目睹过钢铁炼成的另一种极其原始的方式
我在关注着雪后的村庄　雪后的丛林
以及乌克兰的天空

我在目睹着乌克兰的风暴是怎样
席卷整个亚洲　欧洲的战场
我在想象着满目疮痍的村庄和渴望
爱情降临的姑娘　请允许我吻你为
好钢打造定型的姑娘

随着钢铁即将出炉　英雄钢铁般的
爱情也在渐趋成熟　请理解他内心的躁动
这是钢铁成型前最为激烈的跳跃

好钢总是在此时寻找到适宜生长的土壤
以便用纯洁与坚强打动人们的视线
顷刻好钢长成野外大片的白桦
它能把娉婷与坚韧兼收并蓄得十分完美

在我的思想里钢铁有这样两种炼成的方式
……

父　亲

一条街道。总在我的眼前浮动
总在我记忆里时隐时现
这是柏油路的宽敞大道
南北贯通
却空无一人
两旁没有杂草，没有店铺，更无车马之喧

父亲，你迷失在哪里了？我流泪，眼角潮湿
我要去扣哪一扇门扉？来迎我的才会是你

20 年前的这个时候你离家出走，竟然再也未归
我知道，你离我不远
我见到过
你的背影走在我前面
"这条街道的尽头通向哪里？"我问
你沉默片刻转瞬即逝
父亲，我知道你一定有难言之隐

作为你的儿子，我继承了

你的脾气秉性,你的酒量以及做人的坦诚
你曾说:我是你的父亲,更是你人生中最好的朋友
可父亲:我一生遗憾的是没能与你小酌几杯大醉而归

一位诗人说:父子小酌乃人生一大快事。
而我却盼望着与父亲能有一场大醉
今天夜里,那条街道再次出现在我梦里
父亲,告诉我你究竟迷失在哪里
……

观川派青年古琴家郭馨忆抚琴

大道之道,彰显神迹,惊世的盛宴开始
诸神归位,掌管五音的神明
双手高过天空,横陈旷野的桐梓　交错的丛林
祭祀的圣火投映在夜的星空
时光篆刻的星辰是什么? 早已失去概念
出世与入世,早已失去概念
影子过河,群鸟飞过,我们在苇间打坐
我说,风中的沙,水中的火,神圣中的神圣,你们退下吧
此刻,所有中的所有,全部与我无关……

大道之道,原本无形,如同当下
琴音于你的指尖氤氲而升
在我灵魂构筑的时空中,万物随意流转
包括旧事物灰飞烟灭
新生者尝试着破蚕而动。"总发生秋在天",我说
比我更消瘦的是秋天的芦花,我与它并立,我也与秋天并立
我见到一个女孩在操琴,我说,
你拉近了天空与大地的距离,你拉近了神圣与祭司的距离
就这样,琴音如同河流封锁了

辽阔的大唐王国的退路

不用惧怕,总有一个王在位,他并不虚无,

万物有种种可能,一切皆可发生

我低头拾起自己的骨殖,在废墟上重建新的城池

琴音拂过,再次深入灵魂

闪亮的不只有金属

也包括宫商角徵羽出所　在火中燃烧时哔啪的声响——

闻之在耳,触之在肤,凝之在目,抚之在心

我说,沙中的沙,风中的风,红尘中的红尘,曲水中的流觞

万物将与我为一,大地将与我并生……

大道之道,遍布江河山川,俯仰万物苍生的

是失去的故乡,彼岸就遗失在那里,它关闭了河流

这唯一通向沙场的城门,古来征争几人回!

流水是春天的兵马,落雁是午后的一员猛将

故人在何处? 还有阳关呢?

在逝去的前朝,你手挥七弦,拥兵关隘

宫商角徵羽,捻断孔老夫子几根胡须

手握五音上阵,你就能轻易地指点江山

祭司在跪拜落日　七根琴弦注定了谁的前世今生

大王的封印　佩剑呢　还有王的十万家园呢?

妃子的香熏　还有她的玉佩呢?

这沉鱼落雁的妃子——

汉唐里的水墨,美人中的美人……

大道之道,是上苍低垂的目光,大地与河流,杂草丛生

唯有神明伸出的手掌,上面掌纹凌乱,它昭示什么?

我知道,究极宇宙的是它眷顾众生的悲悯
悲天悯人是一种情怀
此时,都幻化为琴音。此时,琴人倾诉的表情灵动
你听:
莲动渔舟　瑟瑟声起——
我有嘉宾　鼓瑟鼓琴

水波涟涟　有我少年——
窈窕淑女　琴瑟友之

宽衣广袖　几度云卷——
以雅以南　以龠不僭
……

　　郭馨忆,字绮雯,号清涵琴者。都江堰人,中国优秀青年古琴演奏家。蜀派古琴宗师张孔山第七代传人,古琴大师管平湖先生第四代传人。曾应邀为联合国官员、国外大使抚琴,受到联合国教科文组织非遗主席阿瓦德·阿里·萨勒哈先生的肯定。2007年8月8日应邀在长城参加庆奥运进入倒计时一周年大型文艺活动。

与城市无关的河流

能宽恕我的无知吗。我将海洋视作河流
我将天空虚拟为海洋。唯有如此，我这个
平民的瘦弱的躯体，才能彻底将他们包容

我的眼前虚无。杂乱无章的事件
改造着我的生活
而我找寻的音乐早已缺失
音乐以及河流
与我生活的城市无关

人们正在绝望中
谈论起粮食和收成，在痛苦的
河流远离之际失声痛哭。花朵
是微黄的，泛着
苦涩的光。我清晰地感觉
河流在我的
肋骨间穿行。它在肋骨间穿过
并且默不作声
它在我的头顶盘旋。四面楚歌。

我被黑暗笼罩
旷野,寸草不生的旷野,无法养育谷物种子的旷野
日后,它们将要成为种子,只是现在尚未饱满
它们孤单地站在旷野里

一粒粒尚未收获的粮食,就是一个个待嫁的女子
我是赋予她们生命的母亲
我是养育她们成人的父亲
大地最亲近的爱人是我。面对寒冷
她们在失声痛哭。其中,
我最年幼的孩子
仍不忘《圣经》的故事。她低声啜泣

她说,亚当和夏娃
为什么偷吃智慧树上的果子
我说,后来,他们被上帝逐出伊甸园
我也只能告诉她这些。我感动的是
在精神匮乏的年代
年幼的孩子无法忍受饥饿,却依然关注爱情

这确实令我心生叹惜。如同我曾在一贫如洗的年代
艰难地区分灵魂与肉体,我想这或许就是
孤寂与忧伤时常侵扰我的原因

河流在我的肋骨间穿行,他们
在我的左肋间开花结果

繁衍后代。他们儿女成群,赤裸双足
在我身体里
找到一处岛屿,然后肆意地奔跑肆意地歌唱
音乐随之而至,阳光的阴影轻轻落在水面

在河流的彼岸,我目光所及之处,一片荒凉
除去一片荒凉依旧是一片荒凉。我说
我感觉到了阳光飘落的声音,我说
这个冬天有点冷……

为玉树，汶川而作（二首）

玉树，我想起亲人

我不再关心粮食和蔬菜，此刻
它们对我毫无意义
远在远方的亲人们
我知道，四月十四日的早晨
玉树的曼陀罗轰然倒塌
但固守家园的经幡却依旧飘荡

我怀念高原　牦牛和青稞酒
我怀念白云　舞蹈和歌唱
以及擦身而过的喇嘛，端坐的活佛
藏族山寨门前阿妈慈祥的目光
他们渴望着 2010 年的丰衣足食
玉树，青海。四月十四日，青藏高原

梦里，我重回海拔五千米的高原
藏族妹妹是盛开在雪域的美丽的格桑
我梦到萍水相逢的康巴汉子

他是大山深处的雄鹰

数千公里之外的结古镇　那位手牵白马的老人

我真想再接过你手中的缰绳

三江源头，格萨尔王的目光依然坚强

几千年来，一条大江不仅流过玉树

也在中国人的信仰中川流不息

今天我不再关心粮食和蔬菜

我只关心比远方更远的那些亲人们

点燃一首诗歌　举起青稞酒

我以朋友的名义　我以兄弟的名义　我以亲人的名义

我以一个普通的中国人的名义——

如果你们平安，你们是世界上最幸福的人

如果你们睡去，请允许我祭奠你们的在天之灵

五月初五，写于汶川

五月初五的清晨。我来到汶川

岷江纵贯　在我身边流过

此刻我与一粒轻巧的粽子隔江遥望

我在怀念你朴素的前生

而你泛着淡绿色的光泽，笼罩着我的生命

你是种在大地之上的家园和岛屿

你是飘浮在大水之上的房子和天堂

在节日的光芒里，我将重归故土

重归渴望阳光的四姑娘山脚下

一粒粽子。它的意象在历史村庄的上空

恣意地蔓延　一粒粽子。它是大地朴实的种子
大地流淌的乳汁　它若想盛开
便是盛开在羌地古老丘陵间的花朵

我遥远年代的祖先,他们
在千年前同样的今天
扶老携幼,在邛崃山脉遍采菖蒲
我眼角湿润　怀想他们
我跪在大地之上,亲吻祖先踩过的青草
我倾听他们的笑声,慈祥的亲人们
我缅怀的亲人们　你们的足迹
遍布阳光照耀之地　而今你们伫立在哪里

等待你们,手持一粒洁净的粽子等待
在每一条回归千年前庭园的路口等待
此刻缅怀先人。就是亲近我手中这粒穿过
岁月沧桑的粽子……

一朵梅花在空中飞舞

想起秋天的时候,秋风在原野上经过
吹透一片午后潮湿的云朵
云朵回家。在路上遭遇一场大雨

雨中,我身边的牧羊女挥动柔柔的手
姿势优美,似曾相识
让我回想起千年前
着唐装的女子侧身穿过
竹林的背影。这是思绪零乱的瞬间

我说,只要想起一件往事
梅花便会落满一地,只是
先前她们在空中飞舞
一朵梅花正在空中飞舞
我说这是注定的宿命

我分不清她的颜色,我只知道
她正在回家的路上
……

雨是花朵落下的泪滴

我拉着你的手
便这样把它举过头顶
十二个时辰里它已盛开出花朵
下午的水声引领我穿越面前的河流
你的衣裙掠起众多波纹　此刻
阳光散落　无拘无束

大水轻拂　静卧其间
我手持午后唯一的光亮
轻唤你的名字
我在想念一株水草　在你的注视下
水底飘摇的水草

她在水的晃动中飘摇
在这样令众人感动的时刻
我乞求一场雨的降临
我乞的求雨　天空纯净覆盖整片水域
我乞求的雨　自天而降装点我的诗歌
雨是花朵落下的泪滴

在梦到琴声的某个夜晚
我泪水无全　我的诗歌
滑过弧形拢起的黑暗
我甘愿把它敬献给你
成为你秋收过后贮藏的粮食
我会为你歌唱　为世上所有的人

秋天，在思想的林荫路上行走

秋天，万物渐次苏醒
我与所有的人们
在城市与村庄的背景下
找寻失去的记忆

我站在高地吟唱——
现在是秋日阳光照耀的午后
石头唱歌，如草的发梢
感动我心

人类用坚硬的意志，打造
花岗岩的波纹
石头用哀婉的悲歌，颂赞
天使的温暖

秋天降临，所有沉坠之物将获提升
伟大的秋风拂过
广场一片沉寂

尘世竟如此浩荡，风露出笑意
蓝色的树在流泪，它们
度过旷远的年代
唯有树干与叶片，简单地存在
包括一双温暖的手和生命

人们却无暇顾及
死亡乃至永生，是秋天
我将面对的纯粹命题
……

巡线工周振玖（三首）

家在杨木沟林场

白云也远，群山也远
从晨光露面，大地发芽，他就远远地守在
高寒地带冰封的大门

张广才岭，凭着传说中猎人的勇敢命名
此时，风过山谷，夜鸟失眠
篝火无精打采地跳舞，时明时暗
我与巡线工周振玖坐拥夜色取暖

无所事事的三九天，孤独正趴在我的腿边
毛茸茸，月光下只见她的背影
柴与火升起丝丝的烟

巡线工周振玖抬起手，指着前方：
翻过那一座山，再过另一座山
我的家就在山脚下
那个百十户人家的杨木沟林场

雪 在 下

从北京来的记者,要到雪乡
她说,专门为采访巡线工周振玖
自从在雪乡拍摄"爸爸去哪了"
人们便说,如果找不到爸爸
就到牡丹江的双峰林场

中午时分,我们惊扰了空荡荡的山谷
行进在风雪中的采访车
陷在积雪中一动不动
在冰肌玉骨的野外,片刻滞留
刀都在割你的脑门、脸蛋
钻心裂肉的严寒
顺着四肢侵入你的五脏六腑

记者大姐毫无畏惧
抓起相机,扎着"围脖"
裹紧大衣,塞紧裤脚
这身行头,据说她只小时在影视剧中见过
——
杨子荣风雪剿匪,冰天雪地中,他成了打虎英雄
让后人膜拜。大姐也想被人膜拜
她笨拙地钻进"大烟泡"的暴风雪

在永安林场,在野狼谷,寒冷更像切割灵魂
暴雪在下,狂风在号叫,西伯利西的寒流

凝固了空气、山峦丘陵,以及
记者大姐手中进口的名贵相机

巡线工周振玖

四十二岁的周振玖,我叫他老玖
在大山深处巡线二十年
小我七岁,却比我苍老
他黎黑的脸庞,壮硕的腰板,憨厚的笑
我都没有,我心中只有对他的折服

"干上巡线工的差事,就舍家撇业"
他的妻子多少有些报怨

可是十五年前,那个年轻的女人
毅然放弃大山外的现代化
将年幼的孩子托付给姐姐
来到大山深处,与原始森林为伴
操劳起周振玖的"幸福"生活

见到老玖时,他正和山外赶来支援的同事
在大山深处踏着没腰的积雪巡线
然后,垒起一处雪窝
喝着凉水,啃着馒头,两人笑谈
开天辟地,中外古今

于是,辽阔的雪域:雪光里的时光

杆与塔傲立,白色的盛宴
城市与乡村,银线相连
......

春天，我想到的不是海

一阵风涌过，紧密的海水
层层排开
如同手持经书，赞颂
高原的僧人
宽衣硕袖，青灯古佛
行走在梵音之上

形而上的波涛，摇摇摆摆
只一夜，更多的寂静
伸出海面，扭曲着肢体
扭曲的肢体，无法承受
高低起伏的呼吸
思想与推敲，如出一辙

于是，她将语言晾晒在岸边
我说，从南到北，我很孤独

我说，对不起，真的，
与春天对望的早晨

内心独自喧嚣,无法扎根
我想我睡在枝头的小情人
春天,我想到的不是海

从远方到故乡

日头落到雪山的背后时
我在天空的这边
腾出许多草地,留给故乡

午后的雨水,滴落到我的鼻尖
我的左手正无所事事
臣服于一只一只麻雀　寒冷的叫声
它们表情沉静,使我汗颜

其实,我的目光比泪水更柔软
泪水比目光更充沛

天空的蓝,越涨越高,俗世的风也太大
飞行的鸟,一粒一粒自天而降
追随大片的向日葵在山谷边缘起舞
怂恿这广大的金黄,在油画中恣肆地淌着

此时,风吹落尘世的种子,惊扰了
它们的飞行,我在远方想到故乡

起起落落的故乡——

走在街头,霜打窗前,月光一样

结成花朵,轻声吟唱

未知的月光洒落地上,它们年轻而善良

我在草地间俯身打量弱小的植物

目光却温暖了众多生灵

它们分别是蒲公英　喇叭花　玉米花

且近且远,我们之间的距离

就是从远方到故乡

……

怀念藏区（三首）

藏地高原

黑夜降临我抵达五千米的高原
因为我的到来
飞翔的鹰才有足够的勇气四处觅食
他们锐利的目光寻找着粮食
包括青稞谷物垂死的同伴
以及天葬的躯体

他有坚利的目光随时穿透夜色的阻挡
我手执藏银白色的容器献上鲜红而跳动的心脏
此时周身血脉奔涌
仿佛雅鲁藏布江的大水正穿越我的胸膛
高原沉重的呼吸，女人的双唇却灿若美丽的花朵
她们高举哈达传来女妖的歌唱
青铜在相互碰撞高亢悠远而洪亮
我并没有随身佩戴的利刃
这不代表我惧怕行走在峰刃上的光芒

我喜爱鹰的光芒　夜色的光芒　歌唱的光芒
或者传说中女妖的神秘力量
高原的脊背上，黑色占据了大地上遍布的苍凉
请告诉我吧高原上隐藏着的至高无上的王
谁又能够在你的领地里
徒劳地抵御烈酒的诱惑或少女的目光
那么他也就会和你一样令人敬仰
我是在海拔五千米的地方饮酒跳舞和歌唱
又怎能不把秋天的问候传达给
黑夜里无法找寻到尽头的阳光

格　桑　花

我只身打马穿过草原，寻找你隐居的地方
美丽的格桑花，秋天深了而你躲在窗前张望
你的歌声悠远在篝火的跳跃中升腾
昨夜踏着露水敲打我虚掩的门窗

啊　格桑我知道你的家远在天堂
来吧，伸出圣洁的手我要为你采摘月光
用它小心地替你梳理秀发
今夜的月亮就是你的王冠了
它被风轻轻吹落到地上
来吧格桑，让我们牵着衣裙走路
今夜要赶到天神居住的地方
那里早已群神毕至
而我却在怀念着从天而降的格桑
来吧格桑，你是谁家的少女

带着石头赶路独自走在秋天的路上

天亮前我要为你擦拭天空的灰尘
打扫你大地上的庭院
你手指天堂,让天堂为父吧
我亲吻大地,这必将是我们的母亲
那么我们的信物呢
就是冰封的雪山和成群的牛羊

啊,格桑把手中的石头抛起
它落下的地方
就是我们世代居住的毡房
终有一天石头也会盛开花朵
洁白的花朵是八个天真的儿女
每天都会倚门而望
她们有和你一样好听名字
她们也叫美丽的格桑

雪域情歌

面朝雪山,无尽的思想恰好滑过大地
我在失意的黄昏送你一程
我是雪域最大的王,雪域所有生灵的王
今夜的风雪胆怯地与我们同行,穿越硕大的衣袂

亲爱的姑娘,我要跋涉十万座雪山才会与你相逢
达娃卓玛,我钟情的姑娘,美丽的女神
此刻悄无声息默默地守在遥远的家乡

我知道你在坐望雪白的牦牛
怀想着布达拉宫所在的远方

美丽的姑娘，达娃卓玛。我知道——
你的目光明亮，如同雪域盛开的格桑
你的眼眸流溢着圣湖的波光
你的纯情是葡萄酿制的美酒
葡萄的美酒，洁白的哈达，雪域的苍茫
今晚无不散发着催我泪下的芬芳

美丽的姑娘，达娃卓玛。告诉我——
我究竟是住在布达拉宫的持明仓央嘉措
还是住在山下拉萨的浪子宕桑旺波
今晚的雪山下，到底是谁在挽着你洁白的双手
痴情的达娃卓玛，让我们相拥在雪山脚下
让我们做一对黄昏时相会的情人——
一个是雪域最大的王，世人皆知的风流浪荡的情种
一个是雪域最美的女神，东方山顶升起的皎洁月亮

此时，招展的经幡，转动的经筒
嗡 嘛 呢 呗 咪 吽
此时，落雪的拉萨，成群的牛羊
嗡 嘛 呢 呗 咪 吽
幸福和快乐为什么会转瞬即逝
达娃卓玛，朝思暮想
甜美的青稞为什么会酿成苦酒
仓央嘉措，唱起情诗

——

那一夜，我听了一宿梵唱
不为参悟，只为寻你的一丝气息
那一月，我转过所有经轮
不为超度，只为触摸你的指纹
那一年，我磕长头拥抱尘埃
不为朝佛，只为贴着你的温暖
那一世，我翻遍十万大山
不为修来世，只为路中能与你相遇
……

想起土豆

像土豆一样成熟的往事，把根
同样扎在泥土里。甚至
有几分固执和顽强
2010 年 4 月的思想很奇怪
这种双子叶植物原本潜伏在
荒郊野外的粮食
竟然毫无声息地流过车水马龙的街道
闯进我的视线

土豆褐色的外衣沾着泥土
土豆稼穑，泥土是母亲
土豆是孩子。母亲与孩子血脉相连
它们是我曾经唯一的口粮
儿时我毫无怜悯地咀嚼着
孩子们肥胖的身躯
饥荒年代里土豆们也毫无怨言地
为我果腹充饥

现在一群群土豆竟然毫不畏惧地与我对视

兴高采烈地涌到我的脚下
目光中全无敌意。我清楚
这种噬土的植物是我与生俱来的朋友
而非天敌。它们的大名叫马铃薯

最初流落到我家时,我四百年前的老祖宗
叫它们洋芋。现在我站在垄头
却唤它们土气十足的名字——土豆
于是一群土豆花扬起笑脸
挑逗性的笑意,把月光逐渐拉长
其实它们还有一个土得掉渣的名字　山药蛋

我把土豆们亲切地从思想里
连根拔起。一块块雪白的身子
被我记忆的洪水洗濯的纯洁而善良
山药蛋们赤裸着躯体
抖落身上的泥土。它们在空气中
如此招摇。反复地在我的思想里抛头露面
企图勾引我的食欲

在异乡的土地行走

其实,我确信昨夜梦到的不是你
而是风的眼睛
借着它转动的眼神,我在看
世间万物生生灭灭
如同此时我的心境
我知道,它在遥远的地方生长成
陌生的杂草和树木
但它是绿色的,生机依旧,值得怀念

此时,我正行走在异乡的街头
枕着往事,街道的红绿灯匆匆消失
身旁所有的事物都匆匆而过
人的心境以及泛着青嫩的时光
许多事情早已不能相提并论,比如
简单与复杂
当下与往昔

......

站在异乡的街头，我更渴望成为一口老井
营造着徒劳的水涨潮落
在燕赵悲情的浸泡里，映照着
那人的前世与今生，我会有两滴泪水跌落
一滴为你，一滴为我

在异乡的土地上行走
我有所顾忌。十二年前的尘埃
尚未散尽，仍旧缭绕着我的怀念
痛苦之后，我有任何理由确信我的真诚
如同大地上朴素的石头和土壤
更确切地讲是坚强和执着

在异乡的土地上行走，高楼林立
我早就适应了喧嚣的街道和污浊的空气
整个早晨缺少阳光，突然觉得前途迷茫
整条街道很冷……

女祭司,太阳神唯一的女儿

神圣的祭司,白衣袭地
在古奥林匹亚上空,盛开洁白的花朵

太阳神,我们正在仰望你明亮的家园
我们这些来自你心中的子民们
阳光下感受着阿波罗的眷顾,
这美好的阳光

太阳神啊　我是你唯一的女儿
我出生在古老的阿蒂卡平原
她把我交付给爱琴海的瞬间
我在歌唱古希腊早晨雅典的艳阳
我的光芒圣火的光芒　此刻照耀着
蓝色星球的每寸肌肤

我是奥林匹斯山的女祭司,我是火焰和光芒
我不是太阳,我是太阳神的女儿
我是最高的女祭司,我来自奥林匹斯山
太阳神派我降临凡间我手扶赞美的诗琴

端坐大地,我的身边是圣者梭伦

我们抚摸着这个地球
正在同梭伦谈论着五颗星辰
我的两个女儿基菲索斯河和伊利索斯河
她们匆忙中打点早晨的时光
和我一样面向东方,端坐在奥林匹斯的身旁

太阳神的宫殿装饰着美丽的爱琴海
阿波罗,我在天上的父亲
我和圣者梭伦在赤道上行走
脚下的赤道啊串起五颗星辰
伟大的梭伦,手举圣火

我说,我是智慧的女神　我是雅典娜
我是梭伦手的圣火
此刻我站在古亚洲的高原
我是太阳神的女儿
我是我女儿基菲索斯河和伊利索斯河的母亲
我是最高的女祭司
我告别古雅典的铁器和青铜
现在,我来到东方重建奥林匹亚的家园

我站在太阳上,我站在古中国的源头
今天,我要和梭伦我要和
老子、庄子、孔子一同站在长江的源头
站在黄河的源头

谈论着中国五千年的文明
我注视着太阳
我心中崇高的采自奥林匹亚的圣火
我们共同沐浴着普照人类的阳光

我们走过赤道,我是雅典娜
我再次告诉你们我是智慧的女神
我在太阳神的家园里舞蹈歌唱
我是手举圣火的女祭司,你看见了吗

古老的爱琴海,以及古老的黄河、长江
它们是三只洁白的鸽子衔着橄榄枝赶来的鸽子
我知道你们远隔万里但血脉相连
就像此刻人类的血脉相连

我是为圣火祈祷的女神,我是雅典的最高女祭司
今天,我将再生于东方古老的平原,尽管我怀念
遥远的奥林匹斯,

此刻我却拥有珠穆朗玛的雪山和长城的威严
我在探寻古老东方的源头我在为世界祈祷和平
我用圣火我用五环我用全人类都能听懂的语言

冬天三首

父　　亲

在与季节交流的过程中，请宽恕我的无知
风雪袭来，站在暗夜的屋檐下
用岁月侵蚀过的目光点亮一盏灯笼
我怀念着过世多年的父亲，他伸出温暖的手掌
成为我遮风挡雨的屋檐。沉重的掌纹遍布着
他走过的丘陵沟壑。这是让我
欲哭无泪的沧桑。我审视着他深陷苦难时的表情
父亲，你怎么忍心把自己
都难以承受的忧伤遗传给我

种　　子

我拢起一豆烛光，它们在我的面前漫无边际地流淌
仿佛微弱的河流高低起伏。我的身旁
埋藏着石头和歌唱
既然他们在风和雨的鼓动下四散逃逸

那么就请允许我直言我的坦诚——

秋天的种子正昂首挺胸,成群结队地步入村庄
走过前世赖以生存的土壤。父辈们伸出掬起生命的大手
种子们也对即将到来的春天,保持着极为理性的渴望
他们在温暖中感受着世界的粗糙,内心却极为坚硬

暖　冬

这个冬天竟然让我心生恐慌,一场冬雨撕碎了
我渴盼许久的梦。还有什么会比铺天盖地的风雪
更能纯粹我的思想。
这个冬天遮掩了旷野里的白光,他们是我生命里的声音
我无奈地把他们抛弃,我知道我抛弃的是泛着光泽的青铜
他们脱离了我的肉体,却依然掷地有声
这些高傲的思想是我灵魂的一部分
这个冬天过后,他们是否能够找到适宜生存的土壤
在流着鲜血的躯体和骨骼之上
繁衍出更为纯粹的花朵和歌唱

十 二 月

十二月的河流拥抱着村庄
我怀念的声音就弥漫在这村庄之上
河流之上,树木独自成长
我与河流对视,深入我双眸的是忧伤

今夜我把怀念的马匹安置在
村庄之外,因为我难以拒绝
它奔跑的欲望
在黎明身旁睡去的是
追寻着目光之外的目光
我在经历痛楚
我在收集众人面向天堂时的歌唱

我怀念的河流,高高在上
一把竖琴流淌着七个音符
七个美丽的少女泛着光泽在
大地上舞蹈歌唱

十二月的村庄在寒冷中和衣而卧

十二月的树木失去记忆,忘记了
火焰和灰烬
春天尚远。村庄尚远。春天与村庄
正静静地在天空流淌

一匹马的状态

普天之下，我的马匹
天空尽处，我唯一的马匹状态颇好
他在草原的波涛中茫然四顾
怀念身着战袍的勇士
他的前世曾与驰骋草原的英雄
大漠间煮酒弹剑

这种心情　我无法想象
这个冬天很冷，此时站在窗前
月光生硬，击痛我的额头
我的爱人也在我梦境的深处
我怀念的是，她采菊的身影

思想，一枚古老的铜币

我并不富有，但我渴望得到一枚铜币
一枚古老的铜币，便会拥有我的全部
我在大路上行走，拂过耳边的声音
在燃烧。这震动的声音
远古的歌唱，在村庄间掠过
母亲的泪水，祖先的头颅
它们在大河之上流淌成河

在诗歌抵达或升起的地方
此时，我从老宅的东方启程
歌声顺着我掌间的文字沉沦
我相信，思想是一枚古老的铜币
泛着幽幽的光泽

雪落忽汗河

这场大雪覆盖了忽汗河流域
我热爱这片土地上所有的生命
他们支撑起我全部的生活
忽汗河,世人的河流静静地沉睡
在这里我倍受祖先的恩典

雪落忽汗河,一部小说的名字
一年前,它占据春夏秋冬所有时光
今天雪果真在忽汗河上空飘落
它纷纷陈陈地从四十年前动身
那个让我依旧落泪的年代
1969 年,忽汗河飘雪的冬天
在记忆深处仍未褪色

诗歌，在夜色中燃烧

我在感受诗歌的温度
独自承受这份意料之外的收获
夜色或许渐行渐远

旷远的地带里
岁月的河流与杂草丛生
在我的身旁

唱歌的牧人，挥起手中的鞭子
使我心痛
我爱惜每一株会行走的植物
并目睹诗歌在夜色中燃烧

那些飞行的鸟
在我的泪水中成为黑色骨殖
在麦田里，我手执骨殖
独自狂舞

立　秋

立秋,对我而言显得生疏
就像重温一些往事,竟然素昧平生
这个秋天并不寂寞,庄稼歌唱,河流低语
悄无声息的黄昏爬到头顶,水流穿行其间

平心而论,我并未过多关注这个季节
我想,她今晚飘落在村庄之外
必定会目睹,河流被土地强迫
低头弯腰的全部过程
我知道,一半是痛苦
归根结底属于往事
一半残缺　而我无暇顾及

就像我说的那样,阐述
秋的词汇都极为生动
充满目光可以触摸到的质感
种植在土壤深处,作为下一场春天的种子

他们现在必须静静地休息

此外,风中飘浮的叫作尘埃
每一粒都是怀念,是一盏手执的灯笼

我不明白,因何能抛弃肉体的阵痛
沉睡在森林边缘,我的呼吸匀畅
水一样漫过草的脉络
梦中想象着蚂蚁走路的姿势

甚至有些奇怪,它从始自终贯穿整个梦境
从指尖开始,在手臂徐行,从心房到心室
红色的旋涡里挣扎片刻,终于心满意足
它在草尖上舞蹈,难以掩饰兴奋
这使我坚信,我的心脏依然跳动
这使我坚信,我的血是还是热的

立秋,言外之意,秋天到了
突然我深陷其中,开始怀念父亲
无法想象,一个人走了究竟
能带走多少食物和水
此刻我眼角湿润,真的,不只是怀念
甚至开始喜欢,他在大地之下的那个家
我能体会到那里的温暖

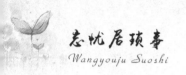
七　月

请准许我带着七月赶路
身旁的风,孤独地在陆地上行走
这夏季也正令我望眼欲穿
我若有所思,我摊开手掌触摸阳光
然后迫不及待地携着七月赶路

七月,她通体闪亮,她的双眸打造的极其完美
重量瞬间抵达我的肌肤
却宁静地滑落掌中

站在七月之上,感受遥远的收成
我听到庄稼拔节,万物幸福地生长
还有草的气息慢慢穿透我的指尖
超过一匹马的奔跑,随后游走在城市边缘
转瞬即逝

请准许我带着七月赶路,目光所及
湖中的人鱼犹豫着潜落水底
沙石碰撞作响,我终于有些坚信

至此七月来临,它还是惊扰了往事
我有些心神不宁

朋友的感觉时常有些怪异
目光或波光,它或我　一路迷离
七月的葡萄架,思绪烦琐地攀爬
片刻之后,我们必定见证开花结果的具体过程
它疯狂结出的果实叫作孤寂

七月尚未到来,七月的夜晚,七月的
人鱼游动着,身上的波光闪烁
点亮我手中的柴草,这些缠绕手臂的小生命
是来为我抵御寒冷的,致命的寒冷难以言说

一定要准许我挽着七月的手臂赶路
我用目光寻找丢失的时间
用脚掌丈量同样苦难的大地
请告诉我,天亮前我将
叩响临街的哪扇门窗?

故　乡

日头落到雪山的背后时
我在天空的这边
腾出许多草地,留给故乡

午后的雨水,滴落到我的鼻尖
我的左手正无所事事
臣服于一只一只麻雀　寒冷的叫声
它们表情沉静,使我汗颜

其实,我的目光比泪水更柔软
泪水比目光更充沛

天空的蓝,越涨越高,世俗的风也太大
飞行的鸟,一粒一粒自天而降
追随大片的向日葵在山谷边缘起舞
怂恿这广大的金黄,在油画中恣肆地淌着

此时,风吹落尘世的种子,惊扰了
它们的飞行,我在远方想到故乡

起起落落的故乡——
走在街头,霜打窗前,月光一样
结成花朵,轻声呻吟
未知的月光洒落地上,它们年轻而善良

我在草地间俯身打量弱小的植物
目光却温暖了众多生灵
它们分别是蒲公英　喇叭花　玉米花
且近且远,我们之间的距离
就是从远方到故乡
……

北田基地（三首）

太原往东

4月7日。我到太原时，桃花开了
太原站出口，司机举牌：夏雨　高万红
仿佛迎接多年未归的游子，我忍不住
眼角湿润。太原往东，一小时车程，绕过
杨梁村　杜堡村　大伽南村　西双村　小伽南村
两侧是成片的农田，汽车右侧石墙上
喷涂着基本农田建设六个大字

随后，车进巩村，我嗅到一阵泥土的气息
司机师傅打个漂亮的手势
喇叭清脆一响，"你们到了！"
诗人夏雨甚是惊讶，她被迫终止儿子高考的话题
夏雨的行李很重，司机搬动时咧了一下嘴
如同她的诗歌，很重，却打动人心

夏雨谈论诗歌，信手拈来
秋色到东篱，依稀小桃花

从故乡到此,诗人在给陌生的事物命名
北田院落里,枝叶曼舞,诗意曼舞
诗人的目光,弥散着汾酒的馨香

车到北田时,主人刘予胜滔滔不绝
谈到山西悠久岁月,如数家珍
同诗人相逢,刘予胜找到理想的土壤
见他笑颜满面,如太原往东盛开的桃花
我知道,春天来了,诗人来了
很快这里将硕果累累……

在 北 田

4月8日。这样的下午,有大风吹落
晋中平原,在视野间滑过一条弧线
此刻,我站在北田的高处张望
一群古朴的院落装扮着
北田基地的春天
古旧的栋梁未见昔日王谢堂前的燕子
一束微光,缭绕着高低错落的屋檐

急促的声响,惊醒巩村乡野亘古的寂寥
连翘开花,金黄色的声音,栖居
在诗人的肩头
如此,我想留住水墨的画意
把素朴的阳光分给桃花下的倩影
在北田,长亭外,桃花旁
以及缠绕脚踝的流水

阳光呢？时间呢？春天呢？

我低声询问，那些消失复又呈现的事物

北田的风太高远，我想飞得低一些

让我已经涉足晋中平原的灵魂

在此久留，与汾水为伴

日出而作，日落而息

在 晋 中

4 月 10 日，晋中平原。

阳光极力挣脱。汾水正灌溉良田。

此时，李晋瑞心中的汾河

近在咫尺

河两岸沉积的黄土，隔断陈年往事

其间有人正用汾河水洗脸，他试图抓住流水

这种举动有些唐突。大风

吹过晋中平原以南

随后，春意迅速爬满山坡

昨夜熟睡的野麦子

正午时分醒来，像我一样孤独，举目无亲

在峡谷间对望

上一个秋天它们背井离乡，随风飘荡

在春天，全力扎根晋中的土地

瞬间照亮它们的前世今生

野麦子，收起翅膀。抵达，在此刻停止
就像局促的无家可归者
抬头望天，低头啃食泥土和树根
让裸露的岩石，遍体鳞伤

晋中平原，周身缠绕着曲折的花纹
一只刚翻动过土壤的蚂蚁
在岩石的缝隙间，顺着二维空间
蜿蜒爬行
……

晾晒在路边的青豆

我的身体:梦里的太阳,杯中的海水
气温回暖,几处小花向阳生长
瓜果的香味散落一地,我低头寻找
残存的时间。窗外的野百合开了谢了
打动人心。镜前想起早生的华发

感激大地的悲悯。想象的过程如此简单
只七步之遥,大风催生枝桠
这个秋天　飞鸟在南方,我在北方
此时,成串的动词一下子就累了
晾晒在路边的青豆,是涌现在窗前的绿色植物
是秋天整洁的衣裳。是一路奔走,临窗伫立的女子
青衣　青裳　青涩的脸庞

大雪一直未下,天气却已寒冷
在草原边际,她把暖阳的脸贴近马匹
我心甘情愿地接受,她赠予青杏　葡萄　以及石榴
我低声说,一切皆有可能

我用锄头刨地

我为什么会遇到你？我说，风雪再大一些
世界就更加纯洁。在积雪无法割裂的
远方。灵魂追逐叠加，压断一株向日葵的花茎

我心生感慨，万物竞相成长
这世界生命永恒，却纠缠不清
我细数盘根错节的石头，它们是屋檐下
极致的森林。火车疯狂地掠过

世界横陈在食草的公羊眼前，面目皆非
我用锄头刨地，反复敲打石头的脑门
在河边弯下身子搜索。波光倒影
慈眉善目的经幡，这是记忆深处的草本植物
在黑暗深处与灵魂幽会
燃烧出火的模样，时间难以停滞

候鸟是寂寞的，风淋湿它的双眼
我清楚，爱情该来时就来吧　雪要下就下吧
火车终归要去它该去的地方
我称之为——背井离乡

写诗的早晨

早起阳光充足,波光泛动涟漪
我在关外生存,长城以北
宽敞明亮的大地
坦荡地如同诗人的性情
大地在我脚下延伸,我的头顶是天空
我的眼中是大地,我的心中是海
我的灵魂中是你,那你呢……

在轻柔的水草间穿行
如同女子温柔的秀发
这样,我想起写诗
早晨的阳光很好
我们天各一方
空气如水充满质感

我想起穿越的往事
我要梦回盛唐
在长安城的旧街,为你选一件陶器
我不喜欢唐三彩的色泽,略显夸张

就像爱情,天然才是纯真

想起曾经失散的你
想起千年前我们情同手足
在去敦煌朝圣的路上,黄沙遍地
我说:那就让我爱吧,我有足够的勇气
我会为你洗净双足,我喜欢
扑面而来的苍凉

现在,重新捡起
散落的文字,我的诗歌
又将每天面对满目疮痍的人间

如果它只为一人崇高
那么,这必将是你
……

秋天降临

那些寂静的　自由的　眠于尘世的种子
令我心生敬仰
它们以优秀的姿态漫过整个冬季
是啊，我们存在，万物存在
粮食正囤积仓中
粮食是种子的子嗣
大地沉睡，石头歌唱，他们才能非凡

现在是阳光离家出走的午后
石头的歌声，如草的发梢感动我心
人类在用坚硬的意志，打造花岗岩的波纹
石头用哀婉的悲歌，颂赞天使的温暖
秋天降临，所有沉坠之物将获得提升
包括一双温暖的手和生命，人们却无暇顾及
死亡乃至永生，这是一个纯粹的命题

伟大的春风拂过，广场一片沉寂
尘世竟如此浩荡。风露出笑意
而那些枯树在流泪，它们度过十分旷远的年代

唯有树干与叶片,简单地存在
夜里　它们在天上飞
白天　它们在天上飞

石头歌唱。才能非凡。
春天降临。所有沉坠之物将获提升
包括一双温暖的手和生命
……

写 作

写作是渴望着秋天的再次降临
我把终生的寄托就这样
围绕在一盏台灯昏暗的摇动里
今天晚上，我是在一首歌的声音中
开始沉稳凝视我感觉自己
好像真的存在着宿命的倾向

在失眠时与灵魂的对白也总是深刻地扰乱
我的文字　使得透过黑暗的潮水涌动而至的
仅有的光芒　在午夜漫过我的周身
漫过视线里的房屋并且衰草萌动
这是痛苦中仅存的一片残缺的瓦砾
它并不会为我取暖　尽管此时感觉到骨髓深处的寒冷
我的目光在丈量着它上面模糊不清的波纹

写作是一种反省　它逼迫血液向大脑之外的
任何部位流动感觉到四肢在土地与河流之间
层次分明地梳理着错位的思绪
这些乡土的诗歌总是自作多情地喂养着

大地深层的一些东西自己却在逐渐地缺乏着养分

如果把双手伸向车床流水线　或者我所熟知的
铁塔和线路　我的血液就要汇聚到思想之外
在某个陌生的角落　并在那里沉到泛着空气的水里
找寻着一些湿度　从而改变着铁质上的锈渍
我知道　我的诗歌很难与城市结缘　我时常在思考
究竟是城市的粗糙与诗歌的粗糙　或者是
诗歌的精细与城市的精细相互抵触
还是和它在某些方面或程度上的格格不入
我竟然被抛弃在城市之外而背井离乡

写作是件痛苦的事情　它不是儿子玩弄的积木
可以随意地堆积　或是按形状去分门别类
而更使我心力交瘁的事情就发生在现在
我躲在城市的抽屉里发挥着贫血的想象
维持心脏乏力而可怜的跳动和血管干瘪而可怜的充盈
在这样一个冬季的深夜突然感觉到一些荒唐的事
就这样发生

文字折磨着我的睡眠
我也在不遗余力地折磨着它的神经
这让我想到要借用两败俱伤这个恰当的词汇
通过长达十年的较量它最初是被我的双手从土里连根拔起
放在水中逐一地清洗然后再扔上一条流水线
它就像一条待宰的羔羊或者要刮去鳞片的鲤鱼
我就这样不分昼夜地轮番打磨

我想起了一条 LEVI,S 的牛仔裤挂在
精品物的橱窗里虽毫无光泽而且质地坚硬
却因价格不菲招来一些好奇者的目光

而我也受到了不同程度的损坏
包括我的语言我的思想我的精神甚至
让我在某些时候会想到弗洛伊德
真不知道他在失眠的时候
是否会发自内心地诅咒黑夜的漫长
使得这种痛苦找不到宣泄的尽头
当然相对于写作这些都是很抽象的事情

我在春天的写作中谋生

我不是过客,我喜欢春天。我正沉浸
在春天的写作中谋生
不是为生存赚取粮食的谋生,而是谋求
内心远离喧嚣的另一种生存方式
现在是凌晨,街道异常安静。

昨晚,街头巷尾人们关注着沙尘暴
据说它们在远处匆匆赶来。令我不解的是
这个夜晚,它们却没有以朝圣者的虔诚
蜂拥而至,更不敢以施虐者的暴力在街头乱窜
沙尘暴们被拒之与遥远的关山之外

深夜坐在满目疮痍的记忆里,我竟然如此淡定
沙尘暴是什么? 一头凶猛的怪兽,亦或
转基因衍生的噬血细菌
都与我无关。我知道我浸泡在无边夜色的黑暗里

北京。首都。我此生浪迹江湖的中心地带
我的生命注定与这个纯粹的名词相关

此刻,我听到头顶盘旋的叫声。我喜欢的一群
生有黑色羽毛的鸟　成群结队地飞过窗前
它通体泛着比笼罩我的黑夜更哲学的黑
我喜爱这种抽象的颜色。我说——
这是形而上的深沉
……

孤　独

因误入歧途而疯狂
断裂的星空
持续燃烧的记忆
水与火相容
如风与雪在路上
交头接耳,烦恼丛生

阳光形同陌路,像暗夜之后
潮水永生
它刚刚脱离险境,一只鸟的
鸣叫改变了现实的道路

我在天涯的尽头
跌宕的目光,独立在
罂粟花的芳香里
野外的生灵,佩戴紫色的面纱

拯救一株弱小的植物
它的筋骨持续燃烧

伸入平淡的泥土
面带笑意的孤独
灿若桃花
……

大雪封山

在月光的想象里,或者
舞蹈的村庄
都是任性的艺术家
它们在月光之上,洒落白色的光芒
大雪封山后,冬天的神话
慢慢变得寂寞,我却听到了
远方拔节的声响

站在源流之上,驱赶云朵远离
紫藤发芽,光泽丝路可辩
消解痛苦与睡眠
面对泥土开花,毫无感知
大风吹过草地,刚刚
钻进树荫,紫色的光流淌
如同深藏黑夜的火把
越发厚实而沉重

忘忧草　葡萄藤　丁香花,列队
在空荡的村庄

在新树与老树之间,把酒言欢
河流的呼唤沉入其间
直抵人心,泥土谨言慎行
吟诵苦涩的诗句,怜悯与悲伤
复归想象,退回至久远
……

老 磨 盘

一寸的窗户,小心翼翼地敞开
阳光进门,植物渐次醒来
老磨盘在村口沉重地喘息
时间在销蚀它的棱角,在它的
边缘踱步。时间是位长者
风声　雨声　读书声,迅速分散
瞬间若隐若现

我擅长沉默,沉思默想
拥有倦意坐到天明,整条
街道悄无声息
他们的雨滴落入泥土,迫使云朵
再次降低高度

火焰的腰肢,如此感人
马匹的温暖从掌心泛起
天黑了,牧马的孩子
在掌中苏醒,他的长长睫毛
沾染点点草香,他熟悉

山脚下的马头琴音,他诵经的样子
像土地上的嫩芽
探出了头

一切只是回忆,所谓伊人
消逝何方……

栀子花开

栀子花在生长,水在慢慢地流
屋顶的阳光滑落,在广场上
跳舞,像极了秋后的蚂蚁
循规蹈矩,在地平线上爬

铁皮在空气中震动,形成波浪
栀子花开,泛起涟漪
手掌也压抑不住难得的兴奋
垂直落下,在梦境的低处
感知生命的存在

光线穿过木纹的缝隙
任凭一个朝代的纸张
承载历史……

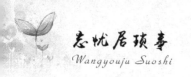
平原的屋檐下

生命的尽头，杂草丛生
旷野上滚动的风，以及
在膝盖间游走的疼痛
荒芜了我的肢体

我愧对涅槃的火堆，晨起时
迷乱双眼的老树和昏鸦
他们在平原的屋檐下
时刻保持着寂静

沉沦的石头，散落人间
供养天地间的神祇
种植在泥土中的香品
盘根错节，意象杂乱丛生
保持着村庄的概念，刺痛
祖先的灵魂。晨钟暮鼓响起
游走在血脉间的流水和石头
永远高尚

我不眷恋飞远的大鸟
我眷恋脚下疲惫的土地
……

镰　　刀

他们之间，隔着偏僻的路
但，距离不是问题

在音乐声中，蜗牛起身摇头晃脑
加入几滴黄昏的味道
飞虫在字里行间挣扎
黑色的纹路，山峦沟渠
纵横在喧哗的夜晚

避开一段小路
那如花的女子坐在水边
避开十里桃花，以及
可以纺丝的月光
她的孩子，静静地生长
却已经白发成霜

最后一把旧镰刀独自站在角落
割痛了第一束麦子和夕阳
它累了，坐在

河边休息

束手束脚的木栅,顺江飘来
我端坐其上,晾晒着翅膀
许多河流与村庄低声掠过

2017 年的秋天,已接近尾声
……

忘忧居琐事（代后记）

时间。凌晨。我仍在方厅的灯下读书。

手捧着里尔克的《杜伊诺哀歌》。杉木桌上摆着越南檀香木雕成的香炉，香烟缭绕着。一把四五百年前老木斫成的古琴，静静地横陈在那里。它常这样在灯下与我为伴，讲述一些沧桑的经历。

我将自家的这狭小的一隅唤为"坐忘斋"，并请书法家挥毫，将之悬与书屋高墙之上。坐忘，此二字系出"名门"，这名门就是儒释道里的"道"家。

古人云，"不动为坐，息念为忘"，一看这样的解释就知道与道家是颇有渊源的。一千多年前，唐朝的一位叫司马承祯的道士，写过一卷《坐忘论》，是专讲道家修行的。这样的高深的功夫，我很感兴趣，可是还无暇去平心静气地去审视这两个字深层的内涵。

手机突然响起来，西藏的朋友从拉萨打来电话，他常常是这样在深更半夜"造访"。夜很静很静，我也不知道这位哥们是在海拔几千米的地方，我们在北京时他给我看在海拔四千多米的雪山上，他光着膀子赤裸上身的"艳照"。当时是在午后，阳光走进我俩大碗喝酒的小酒馆，它或许见到满桌的酒瓶子，就吐了吐舌头，很快从我们身边退了出去。我们杯盘狼藉，我们满嘴胡话。

现在，他却抻着脖子和我大喊。他约我去拉萨，他大喊，"万红啊，你个臭狗屎！来嘛，到西藏来，很想你了，我们好好喝一顿西藏的美酒！"

每次电话几乎都是这样的开头，然后我们谈最近一段时间各自的生活变迁，谈高兴的事和不高兴的事。

他说，你要是来西藏，我带你去牧民家里喝酒，他们很好的。不过，你喝多了，就会把牦牛粪当成牦牛肉干放到嘴里吃到肚子里。

他的带着西藏味的普通话，很有趣，因此常常会把我逗笑了。

我说，其实，我很想去西藏，去伸手触摸一下难以言说的神圣！我说，我在路上行走，我看见一只鸟在头顶飞；我在路边独自站立，注视着高山云雨，人来人去；我匆匆经过人生的驿站，我在找寻生命里属于我的那一束藏域格桑，此时映入我的眼帘的是触目惊心的四野空旷。我爱格桑，在我的思想中她是一位美丽而纯洁的姑娘，或许她是我臆想中的情人，因为她在茫茫雪山间无所不在。

于是，我读自己几年前写的一首诗给远在数千公里之外的哥们听——

　　　　我只身打马穿过草原
　　　　寻找你隐居的地方
　　　　美丽的格桑躲在窗前张望
　　　　你悠远的歌声在篝火的跳跃中升腾
　　　　昨夜踏着露水敲打我虚掩的门窗
　　　　啊我知道你的家远在天堂
　　　　……

这首发表在《西藏日报》的诗歌，我一直收藏着。我要收藏的

并不是我的文字,而是文字的漩涡中难以自拔的深陷其中的情感。我一直觉得它是唯美的。唯美的东西并不会真实地存在于这个并不完整的物质世界,然而这份唯美的情感,却一直在我精神的世界里深深根植。因为这份唯美中随时随地透露出来的是纯粹高洁的特立独行。然而我不得不面对的是,我所思念和歌颂的格桑,一直在我追寻的目光之外,是一种精神上虚幻的存在。

在我的思想里,人是真的有前生今世的,也但愿这是真实存在的事情。如果人有前世,那么在那个前世中,我是谁?我在哪里?我又与谁曾失之交臂?

现实是在这个遮风掩雨的屋檐下,有两个灵魂在现实的存在中相依为命——我和我的儿子。

孩子极不习惯"欣赏"香炉中散发的这股幽幽的香。放假在家,他常要陪我到深夜。在这样一个父亲与尚年幼的儿子相依为命的家庭里,这种温馨是一种彻头彻尾的享受。我喜爱这样的生活,灯下读书拂琴,身边幼子相伴。

我将这把名为"忘忧"的琴也当作自己的孩子了!古琴是有生命的,这一点毫无疑问。现在这把明代老木斫成的七弦琴正横陈在墙角。要是恰好在此时夜雨袭来,敲打门窗,在这样的雨夜里独坐窗前,一个人消受这一宵冷雨,就更适合我的性情。听着雨声,我会轻轻走到琴桌旁,随手操起古琴,这把我名之为"忘忧"古琴的冰弦上,便发出《关山月》的阵阵古音。

"明月出关山,苍茫云海间。长风几万里,吹度玉门关。"这是李白的《关山月》,我很能体会李白的这种心境。有的时候,我在想如果真的存在着所说的时空穿梭,我还真愿回到千年前,沐浴盛唐的雨露阳光,或许我也会写这样的诗句,"皎洁的月亮升起祁连山上,充斥于云海的波涛里。长风掀起几万里浩浩荡荡的黄沙,可怜的玉门关孤独无助地站立。"

　　"息念曰忘",念头已息,又何来忧愁? 有时,我偶尔想到是不是也该把我的陋室改个名了,就叫"忘忧居"呢? 直到有一天,师从著名古琴家、广陵派十二代传人张金桥先生学到《山居吟》之后,我和他说了自己的想法,张先生答应一定请位书法大家为其题字:忘忧居。因此,我想,我何不把这本诗集名之为《忘忧居琐事》呢!

　　记得刘禹锡老先生曾经说,"可以调素琴,阅金经。无丝竹之乱耳,无案牍之劳形。南阳诸葛庐,西蜀子云亭。孔子云:何陋之有?"。

　　是啊,一把无弦的琴,都会被他老人家玩得这么出神入化,这么意境深远,这么脱俗高雅,这么不拘一格。而忘忧居中现有父子两人,古琴三把。父子俩虽身居陋室,携琴"忘忧",又何尝敢再有他言!

作　者